JUAN GIMENEZ
DEIN LETZTES LEBEN

ERSTES BUCH

SPLITTER

Dieses Buch ist insbesondere den begeisterten Fans von Computerspielen gewidmet. All jenen, die mit leidenschaftlicher Hingabe vor ihren Monitoren die unvorstellbarsten Abenteuer erleben, in weit entfernte Galaxien entführt oder inmitten längst vergangener oder gar zukünftiger Kriegsschauplätze versetzt werden. Die Rennwagen, Flugzeuge, Züge oder U-Boote lenken und mit einem einzigen beherzten Mausklick die Geschichte neu entstehen lassen. Die schon den einen oder anderen Joystick in der Hitze des Gefechts in seine Einzelteile zerlegt und ungezählte digitale Fingerabdrücke auf ihrer Tastatur hinterlassen haben, seit jenen glorreichen Zeiten des **ZX Spectrum** mit **48 kB**.

Band 1 | Dein letztes Leben – Erstes Buch
ISBN: 978-3-86869-403-1

Der Abschlussband ist in Vorbereitung:
Band 2 | Dein letztes Leben – Zweites Buch
ISBN: 978-3-86869-404-8
[April 2012]

Juan Giménez

Weitere Veröffentlichungen:

Giménez
Die Kaste der Meta-Barone | Splitter
Ich, der Drache | Splitter
Leo Roa | Splitter
Die Vierte Macht | Splitter
Die Augen der Apocalypse | Alpha
Müll | Alpha
Auf den Schwingen der Zeit | Beta
Die Endzeit-Welten | Beta

SPLITTER Verlag
1. Auflage 10/2011
© Splitter Verlag GmbH & Co. KG · Bielefeld 2011
Aus dem Spanischen von Oriol Schreibweis
LA ULTIMA VIDA: LIBRO 1
Copyright © 2002 Juan Giménez
Redaktion: Delia Wüllner-Schulz
Bearbeitung: Uwe Peter, Oliver W. Kühl
Lettering und Covergestaltung: Dirk Schulz
Herstellung: Horst Gotta
Druck und buchbinderische Verarbeitung:
Himmer AG, Augsburg
Alle deutschen Rechte vorbehalten
Printed in Germany
ISBN: 978-3-86869-403-1

Dieser Band erscheint auch in einer auf 555 Exemplare limitierten, signierten Sonderedition.
ISBN: 978-3-86869-459-8

Weitere Infos und den Newsletter zu unserem Verlagsprogramm unter:
www.splitter-verlag.de

... KAUM STARTET DAS INTRO, SCHEINEN SICH DIE BUCHSTABEN VOM MONITOR ZU LÖSEN... ZUMINDEST KOMMT ES MIR SO VOR...

WOW!! WAS FÜR EIN EFFEKT! ABER...

SAMSTAG, 13. OKTOBER, 21.11 UHR.

KAPITEL 1 DIE DEMO

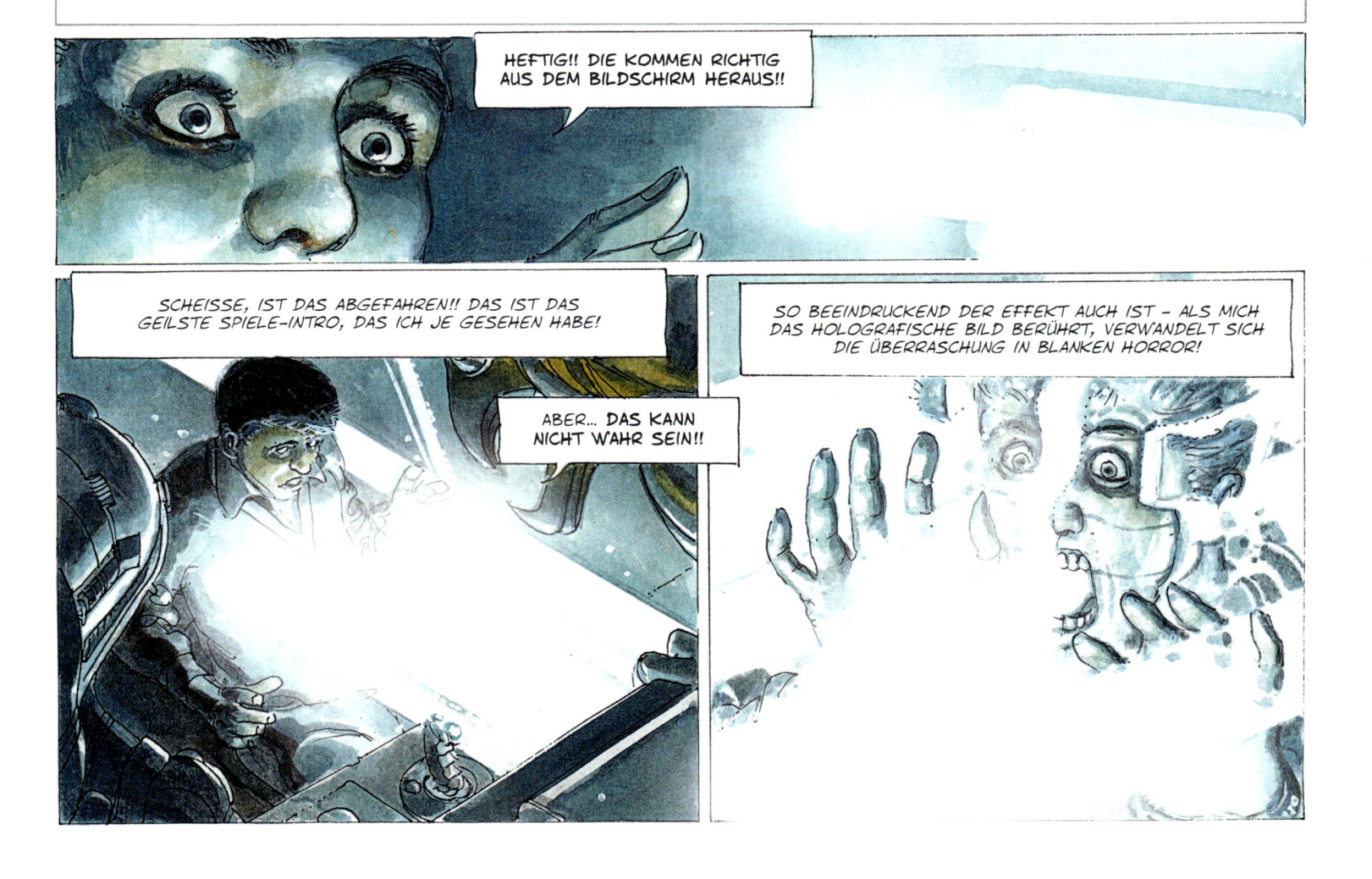

HEFTIG!! DIE KOMMEN RICHTIG AUS DEM BILDSCHIRM HERAUS!!

SCHEISSE, IST DAS ABGEFAHREN!! DAS IST DAS GEILSTE SPIELE-INTRO, DAS ICH JE GESEHEN HABE!

ABER... DAS KANN NICHT WAHR SEIN!!

SO BEEINDRUCKEND DER EFFEKT AUCH IST – ALS MICH DAS HOLOGRAFISCHE BILD BERÜHRT, VERWANDELT SICH DIE ÜBERRASCHUNG IN BLANKEN HORROR!

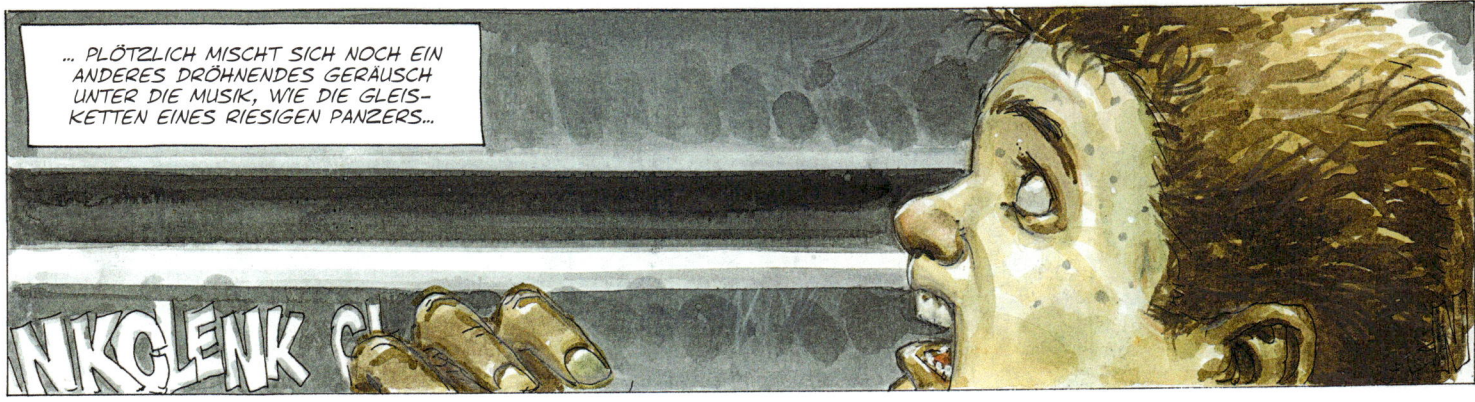

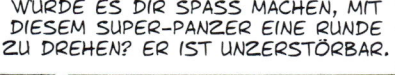

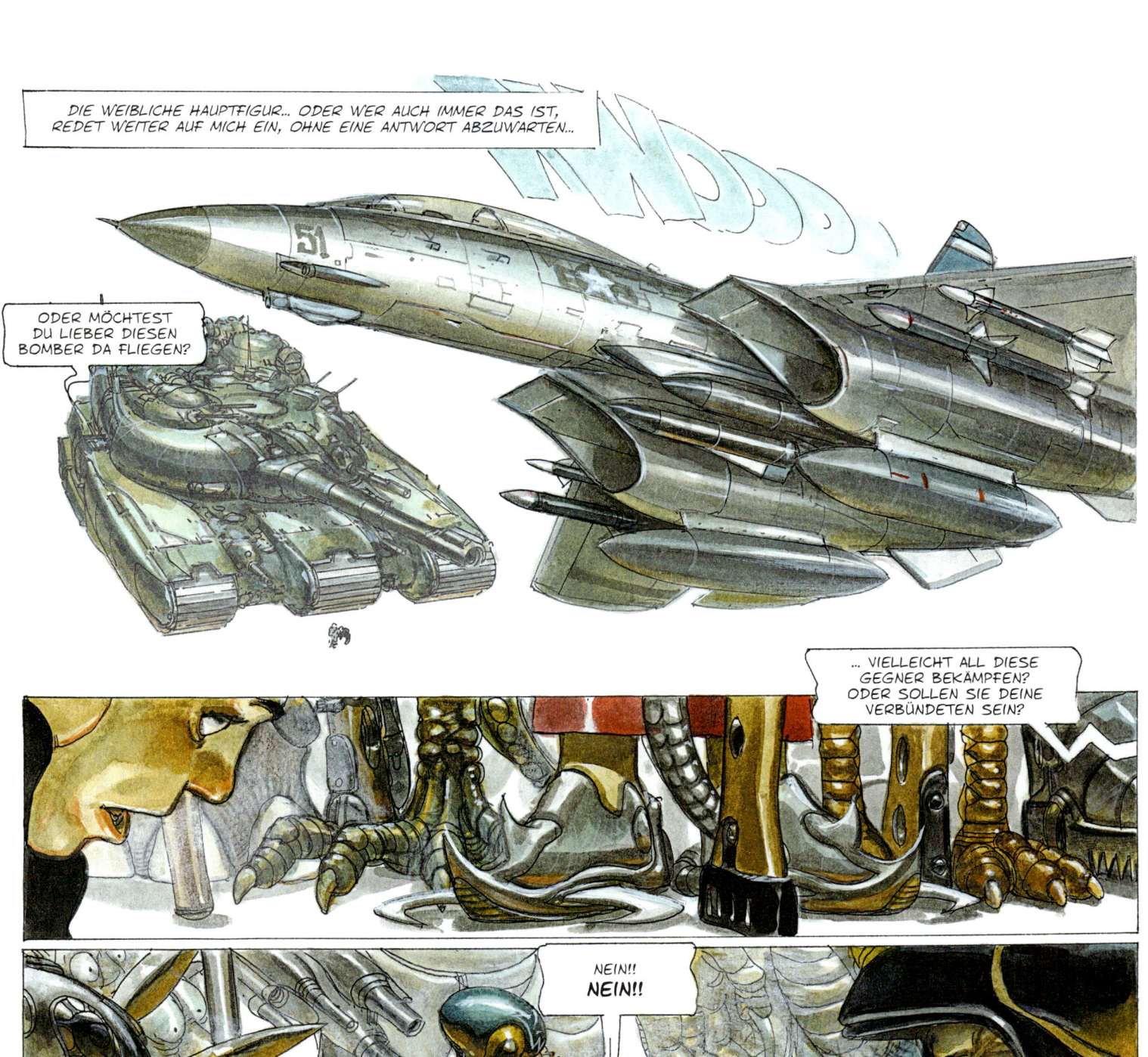

> DIE WEIBLICHE HAUPTFIGUR... ODER WER AUCH IMMER DAS IST, REDET WEITER AUF MICH EIN, OHNE EINE ANTWORT ABZUWARTEN...

"ODER MÖCHTEST DU LIEBER DIESEN BOMBER DA FLIEGEN?"

"... VIELLEICHT ALL DIESE GEGNER BEKÄMPFEN? ODER SOLLEN SIE DEINE VERBÜNDETEN SEIN?"

"NEIN!! NEIN!!"

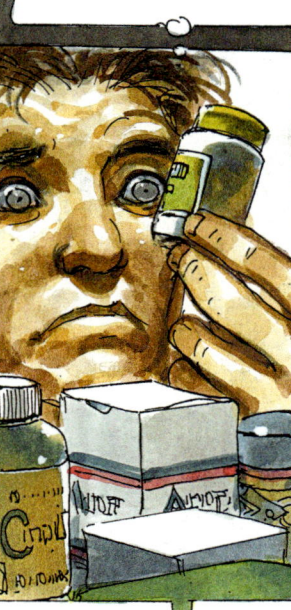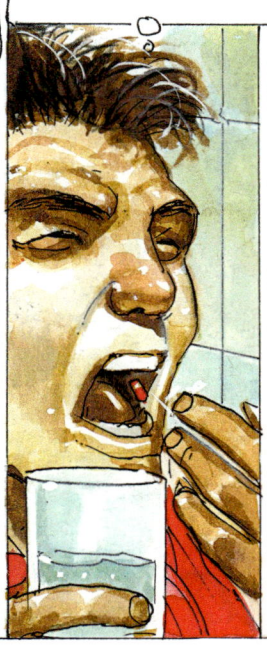

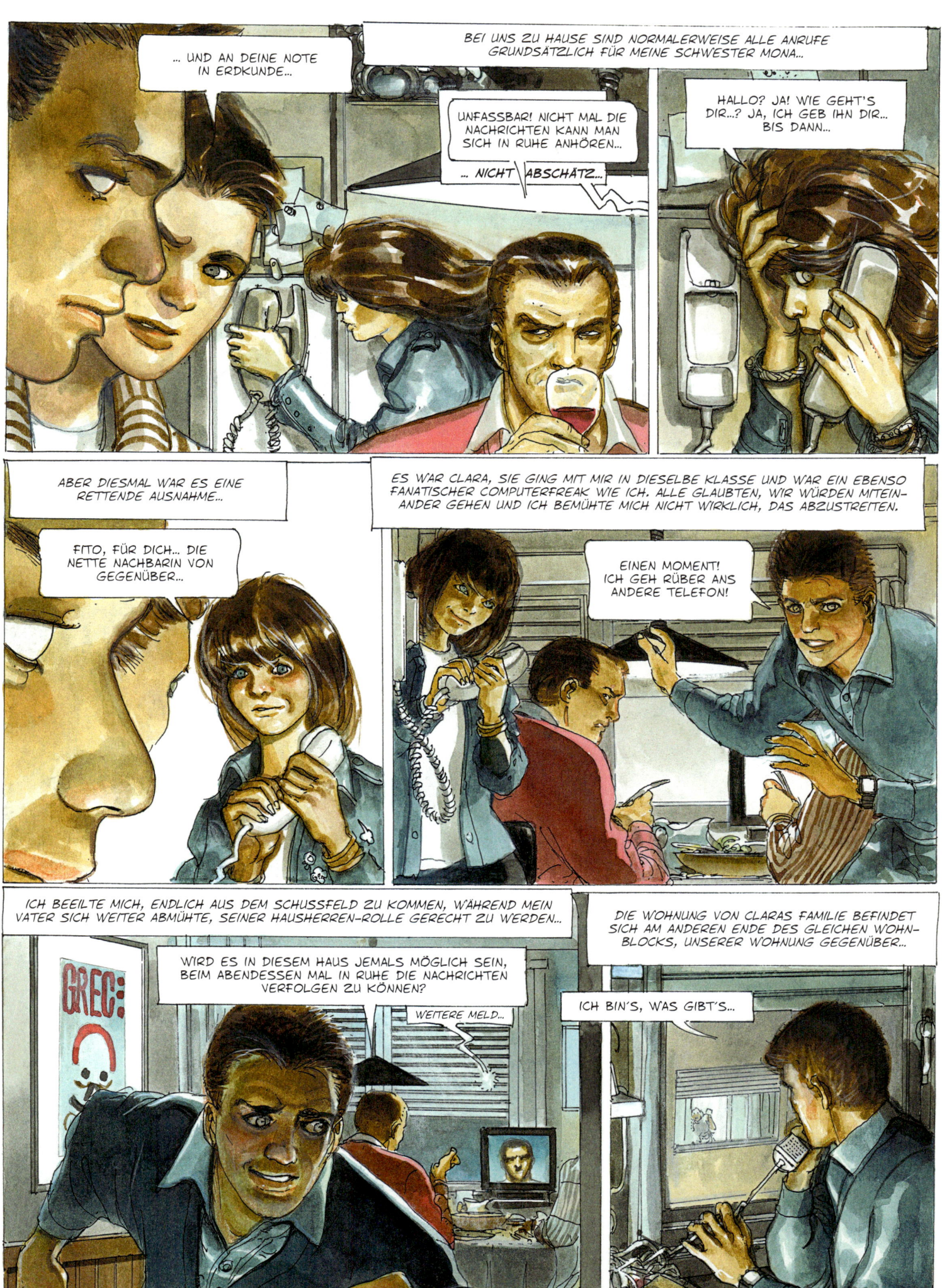

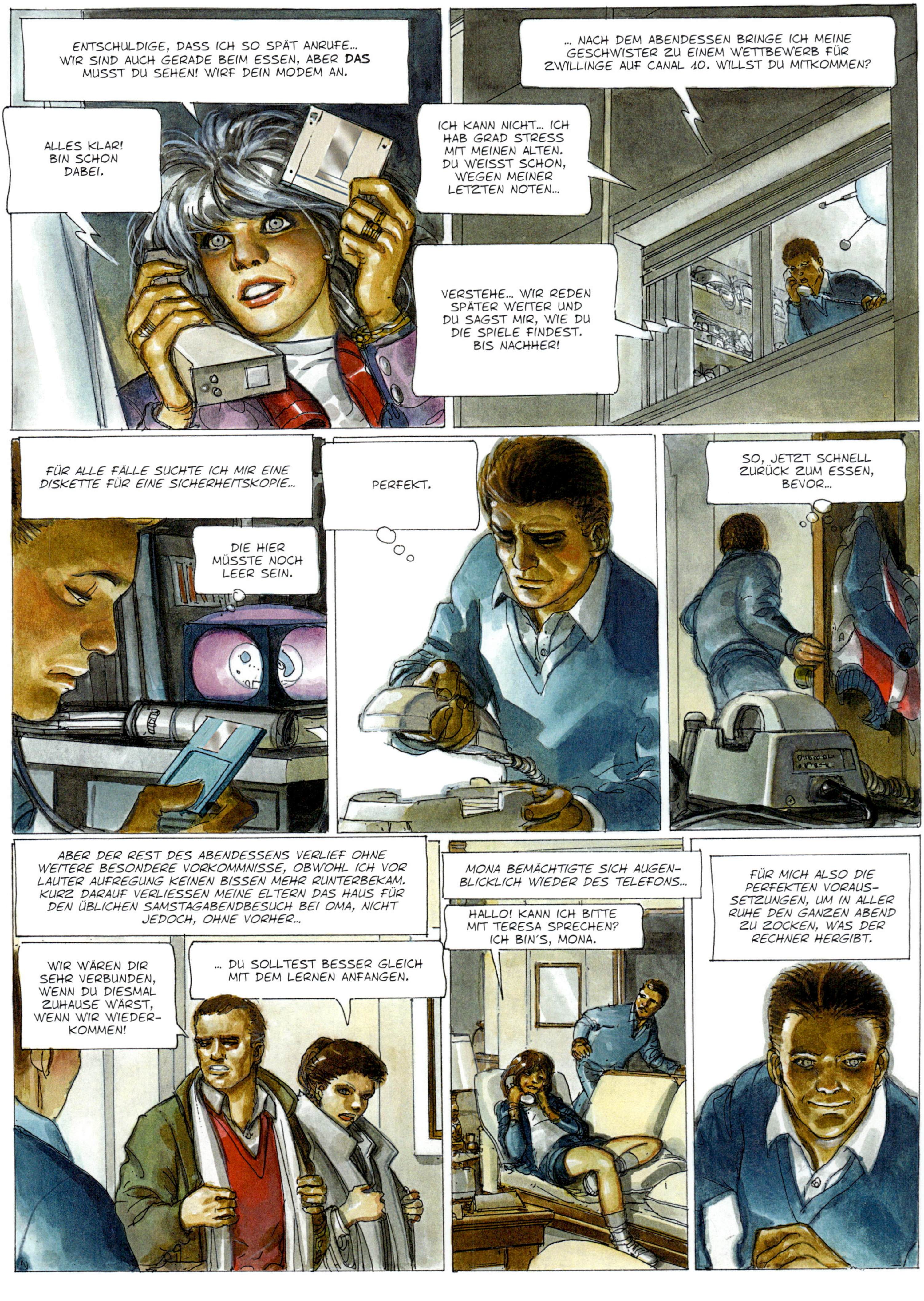

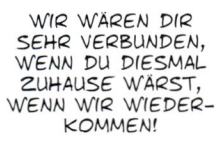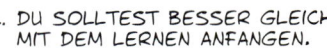

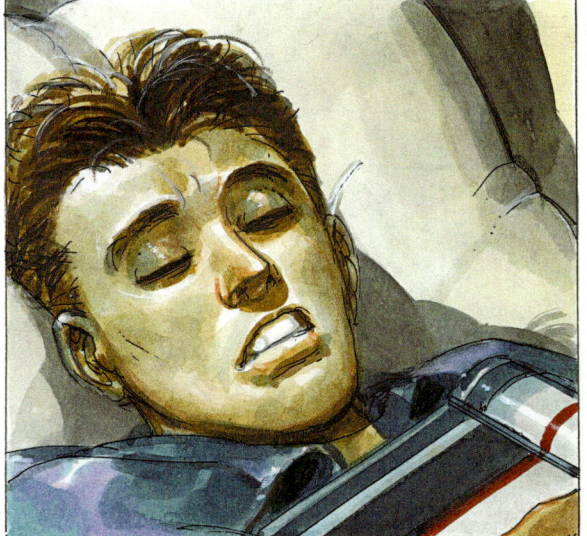

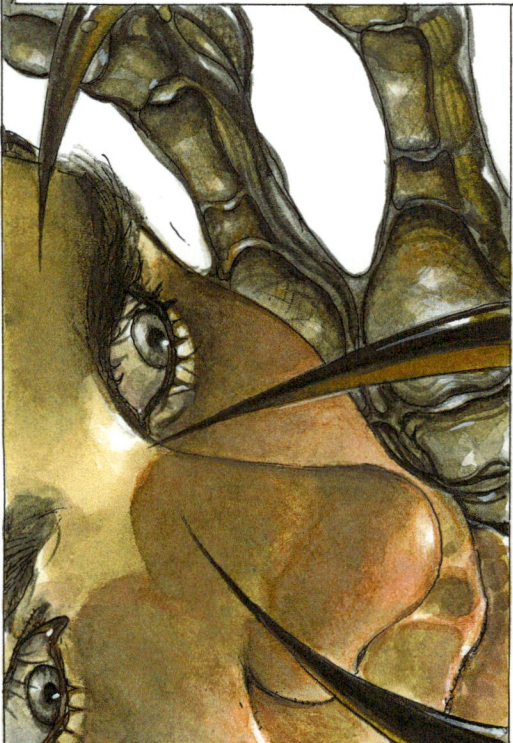

KAPITEL 2 CLARA

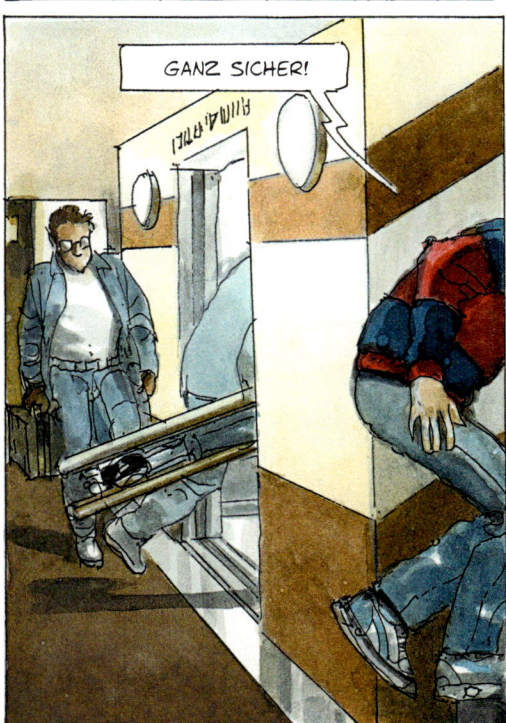

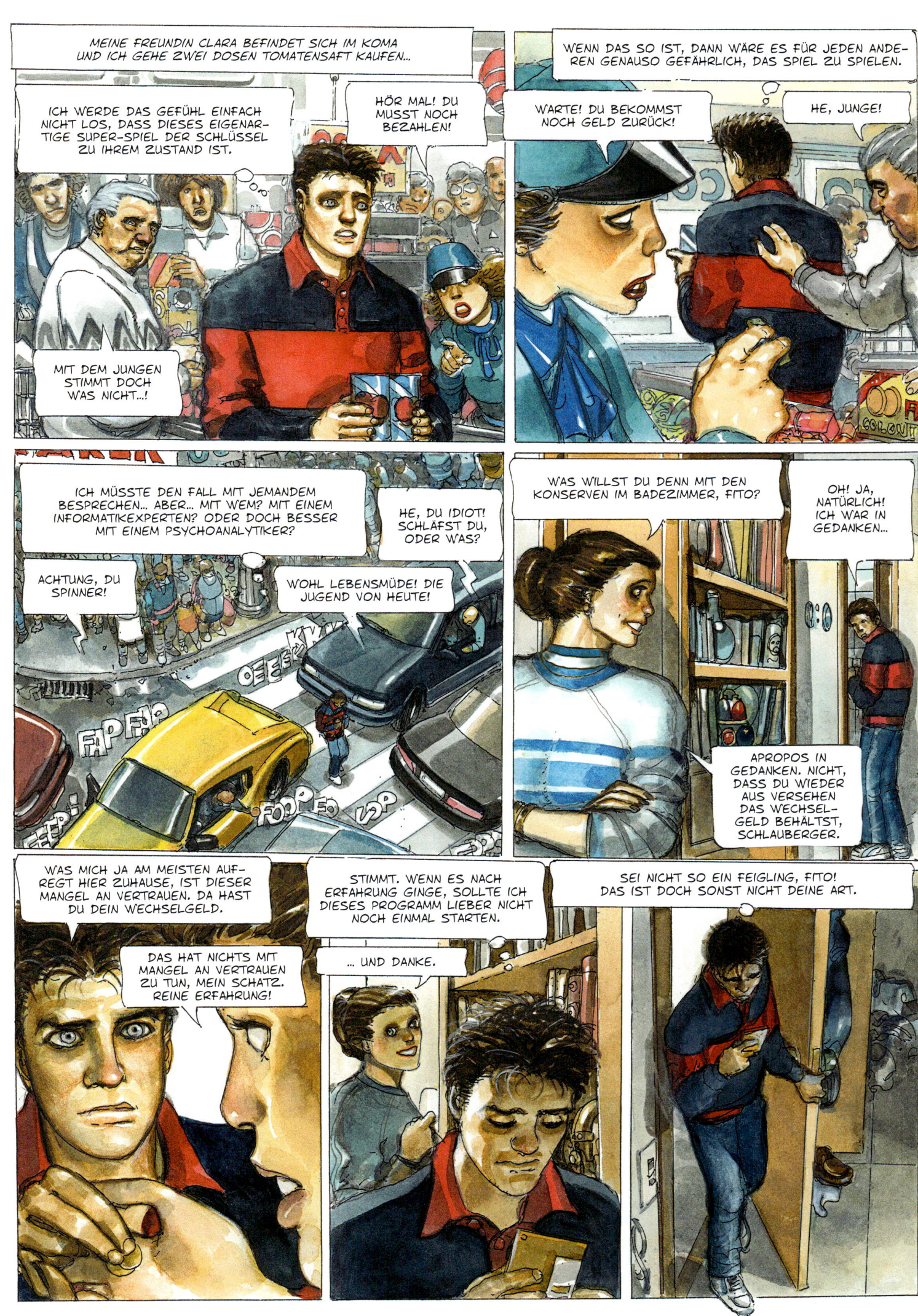

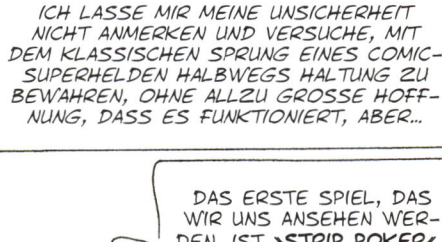

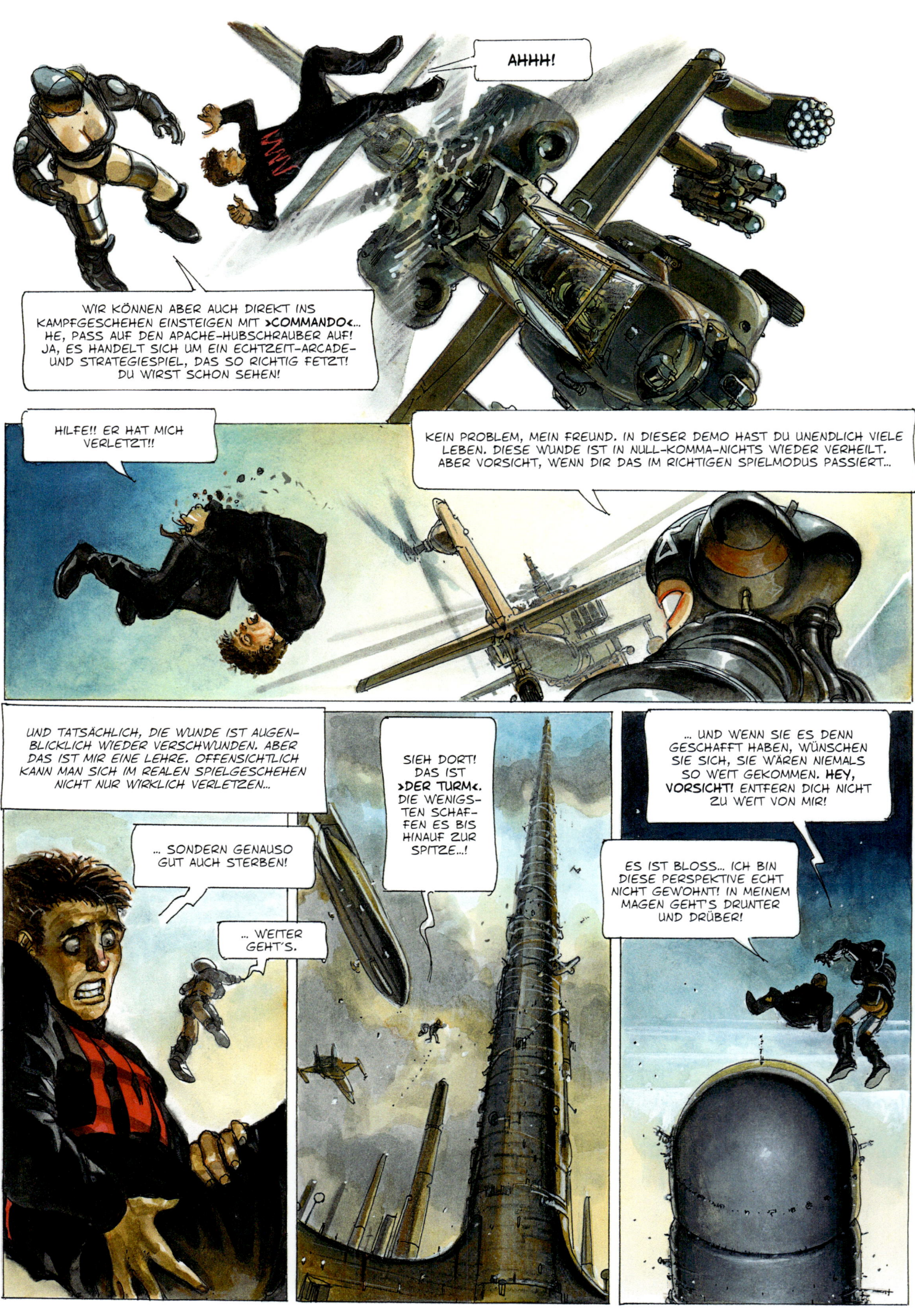

DIESES MAL HABE ICH EIN SCHLECHTES BLATT, WÄHREND SIE...
HMMM...
DAS IST SCHON BESSER. KÖNIGE UND DREIEN... UND DU?
NICHTS.
ALSO DANN... ZIEH DEINE HOSEN AUS.
ICH?
DU BIST HIER DER EINZIGE, DER WELCHE ANHAT, SCHÄTZCHEN...
DAS SPIEL FÄNGT AN, MIR GEGEN DEN STRICH ZU GEHEN...
STEIG AUF DEN STUHL UND LASS MICH DEINE SCHICKEN SHORTS BEWUNDERN.
NICHT SO SCHÜCHTERN, DREH DICH FÜR MICH... SIEH AN! DIR WACHSEN JA SCHON HAARE AUF DEN BEINEN!
DAS IST ZU VIEL! VERLIEREN IST EINE SACHE. ABER DAS HIER IST PURE ERNIEDRIGUNG. ICH BIN SCHON DRAUF UND DRAN, MICH AUS DEM SPIEL ZU VERABSCHIEDEN, DOCH CARMEN SCHEINT MEINE GEDANKEN ZU LESEN.
BIST DU ETWA EIN FEIGLING, FITO? WÜRDE ES DIR NICHT GEFALLEN, ES BIS ZUM ENDE ZU SPIELEN?

DIESES SUPERWEIB AUS BITS UND BYTES WAGT ES DOCH TATSÄCHLICH, MICH HERAUSZUFORDERN. IST DAS ZU FASSEN...?!
UND WIE MIR DAS GEFALLEN WÜRDE! HER MIT DEN KARTEN!
WER SAGT'S DENN... DIESES BLATT SIEHT SCHON BESSER AUS.
JAWOHL! DAS GLÜCK IST WIEDER AUF MEINER SEITE!
DOPPELPAAR! KÖNIGE UND ACHTEN!
DA BIN ICH RAUS...
DER ROCK!
ALS ICH SEHE, WAS ICH SEHE, ÜBERKOMMEN MICH GEWISSENSBISSE... WIE KANN ICH DAS HIER BLOSS GENIESSEN, WÄHREND MEINE FREUNDIN IM KRANKENHAUS LIEGT?
SELBST WENN DU NUR NOCH EINE RUNDE SPIELST UND VERLIERST, VERSPRECHE ICH DIR, DASS DU ES NICHT BEREUEN WIRST...
DAS REICHT FÜR HEUTE. ICH VERLASSE DAS SPIEL... VIELLEICHT EIN ANDERMAL...
TU DAS NICHT, FITO. DU BRINGST DICH UM DAS BESTE...

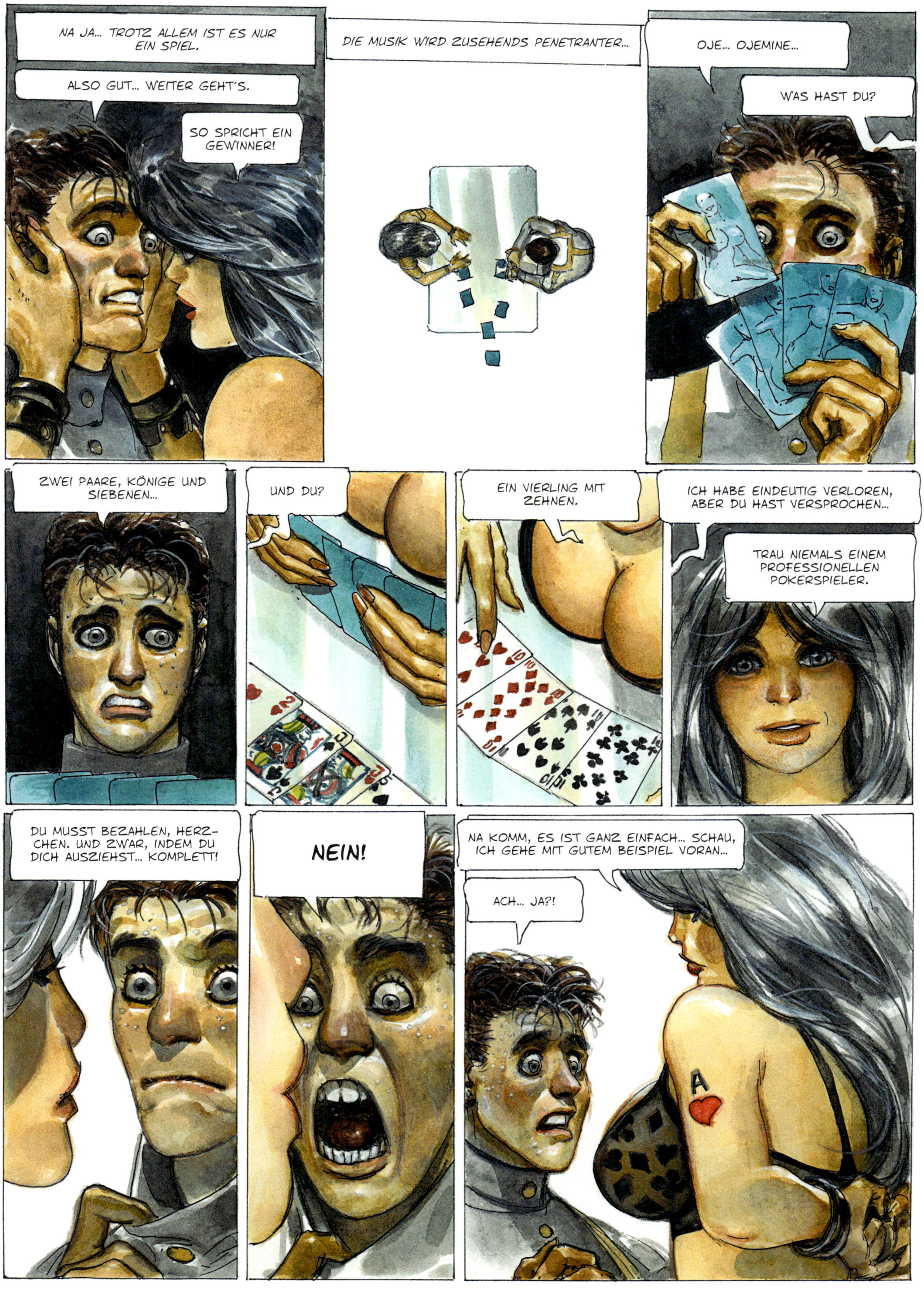
NA JA... TROTZ ALLEM IST ES NUR EIN SPIEL.
ALSO GUT... WEITER GEHT'S.
SO SPRICHT EIN GEWINNER!
DIE MUSIK WIRD ZUSEHENDS PENETRANTER...
OJE... OJEMINE...
WAS HAST DU?
ZWEI PAARE, KÖNIGE UND SIEBENEN...
UND DU?
EIN VIERLING MIT ZEHNEN.
ICH HABE EINDEUTIG VERLOREN, ABER DU HAST VERSPROCHEN...
TRAU NIEMALS EINEM PROFESSIONELLEN POKERSPIELER.
DU MUSST BEZAHLEN, HERZCHEN. UND ZWAR, INDEM DU DICH AUSZIEHST... KOMPLETT!
NEIN!
NA KOMM, ES IST GANZ EINFACH... SCHAU, ICH GEHE MIT GUTEM BEISPIEL VORAN...
ACH... JA?!

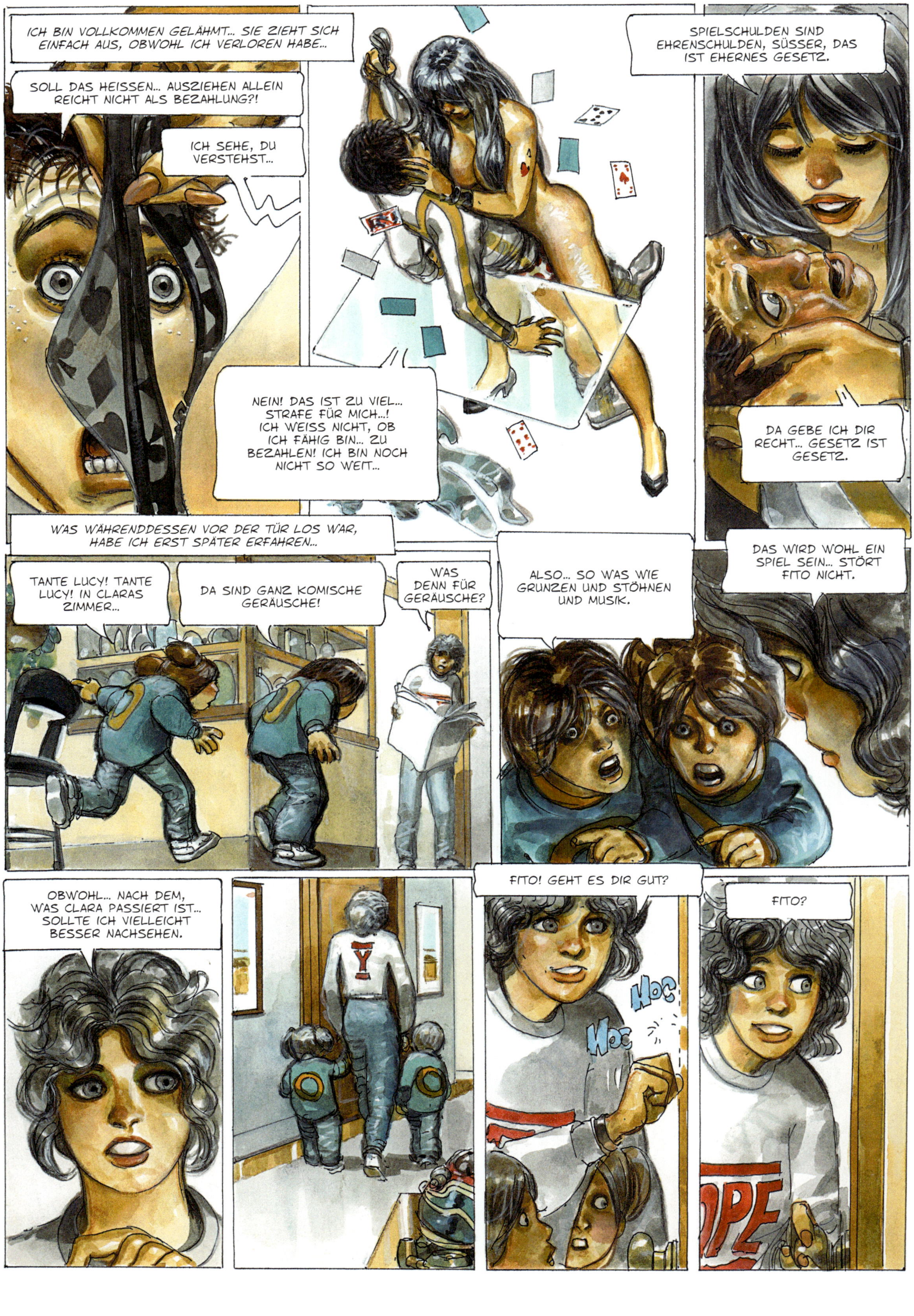
ICH BIN VOLLKOMMEN GELÄHMT... SIE ZIEHT SICH EINFACH AUS, OBWOHL ICH VERLOREN HABE...
SOLL DAS HEISSEN... AUSZIEHEN ALLEIN REICHT NICHT ALS BEZAHLUNG?!
ICH SEHE, DU VERSTEHST...
NEIN! DAS IST ZU VIEL... STRAFE FÜR MICH...! ICH WEISS NICHT, OB ICH FÄHIG BIN... ZU BEZAHLEN! ICH BIN NOCH NICHT SO WEIT...
SPIELSCHULDEN SIND EHRENSCHULDEN, SÜSSER, DAS IST EHERNES GESETZ.
DA GEBE ICH DIR RECHT... GESETZ IST GESETZ.
WAS WÄHRENDDESSEN VOR DER TÜR LOS WAR, HABE ICH ERST SPÄTER ERFAHREN...
TANTE LUCY! TANTE LUCY! IN CLARAS ZIMMER...
DA SIND GANZ KOMISCHE GERÄUSCHE!
WAS DENN FÜR GERÄUSCHE?
ALSO... SO WAS WIE GRUNZEN UND STÖHNEN UND MUSIK.
DAS WIRD WOHL EIN SPIEL SEIN... STÖRT FITO NICHT.
OBWOHL... NACH DEM, WAS CLARA PASSIERT IST... SOLLTE ICH VIELLEICHT BESSER NACHSEHEN.
FITO! GEHT ES DIR GUT?
HOC
HOC
FITO?

FITO!
GEHT ES DIR GUT?!
... JA...
DER IST JA GANZ SCHLIMM VERSCHWITZT.
... JA, MIR GEHT'S GUT. ES IST NUR, WEISST DU... ICH MUSS JETZT UNBEDINGT LOS...
... UND VIELEN DANK, DASS ICH DEN COMPUTER BENUTZEN DURFTE.
PLEC!
DU KANNST KOMMEN, WANN IMMER DU MÖCHTEST...!
ALLES KLAR, VIELEN DANK!
... CARMEN...
ICH WERDE LANGSAM VERRÜCKT! ICH KANN NICHT GLAUBEN, DASS MIR DAS PASSIERT! DAS IST EINFACH UNMÖGLICH...!
DAS WIRD MIR LANGSAM ZU VIEL. DAS WÄRE **JEDEM** ZU VIEL!
ICH BRAUCHE SO SCHNELL WIE MÖGLICH HILFE. ABER... WO SOLL ICH DIE HERKRIEGEN?

ICH ANTWORTE NICHT, ALS MEINE MUTTER MICH FRAGT, WOHER ICH KOMME. IN GEDANKEN BIN ICH NOCH IMMER BEI DIESEM SUPER-SPIEL UND... BEI CARMEN...
FITO, MÖCHTEST DU NICHTS ESSEN?
NEIN!
HAST DU DIESES GESICHT GESEHEN? IST DER JUNGE KRANK? SO HABE ICH IHN JA NOCH NIE ERLEBT!
ES IST WAHRSCHEINLICH WEGEN CLARA.
WENN SIE DEN WAHREN GRUND FÜR MEIN GESICHT WÜSSTEN...
MOMENT MAL!
WARUM BIN ICH NICHT SCHON FRÜHER DARAUF GEKOMMEN?!
MICRO
MICROFLIPP! DIE COMPUTERSPIEL-ZEITSCHRIFT!
JA! JA! MAL SEHEN, HIER IST DIE RUBRIK FÜR LESERANFRAGEN... DA IST ER! RAF PICK! ER WIRD MIR HELFEN KÖNNEN!
MORGEN WERDE ICH IHM EINEN BESUCH ABSTATTEN UND IHM ALLES ERZÄHLEN... VIELLEICHT KENNT ER SICH AUS MIT DIESEN HYPERGAMES...
DIESE NACHT KANN ICH NUR SCHLECHT SCHLAFEN. ICH KONNTE NOCH NICHT MAL 'NE RUNDE TETRIS SPIELEN. ABER DAS SCHLIMMSTE IST, DASS ICH DIE SCHMACH EINFACH NICHT AUS DEM KOPF KRIEGE, BEIM STRIP POKER VERLOREN ZU HABEN.
CLON
JGIMENEZ ©

DIE REDAKTION DER ZEITSCHRIFT MICROFLIPP MACHT IHREM RUF ALLE EHRE...

ACH DU SCHEISSE...!

MONTAG, 15. OKTOBER, 11.30 UHR.

HEUTE MORGEN WAREN DIE ERSTEN STUNDEN IN DER SCHULE DER REINSTE ALBTRAUM. ALLE WUSSTEN BESCHEID WEGEN CLARA UND BALLERTEN MICH MIT FRAGEN ZU, DIE ICH NICHT BEANTWORTEN KONNTE...

KAPITEL 4 DAS LABYRINTH

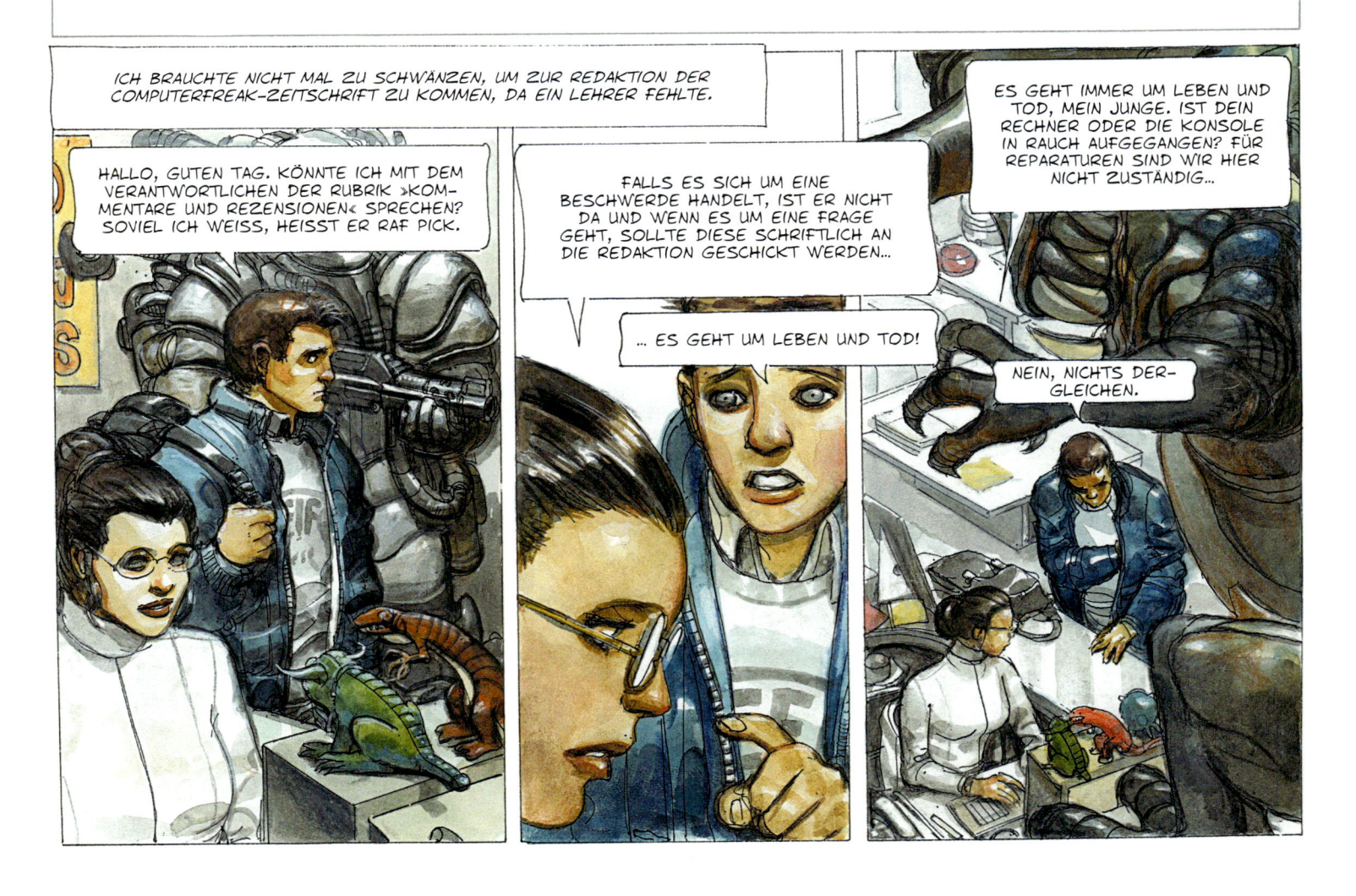

ICH BRAUCHTE NICHT MAL ZU SCHWÄNZEN, UM ZUR REDAKTION DER COMPUTERFREAK-ZEITSCHRIFT ZU KOMMEN, DA EIN LEHRER FEHLTE.

HALLO, GUTEN TAG. KÖNNTE ICH MIT DEM VERANTWORTLICHEN DER RUBRIK »KOMMENTARE UND REZENSIONEN« SPRECHEN? SOVIEL ICH WEISS, HEISST ER RAF PICK.

FALLS ES SICH UM EINE BESCHWERDE HANDELT, IST ER NICHT DA UND WENN ES UM EINE FRAGE GEHT, SOLLTE DIESE SCHRIFTLICH AN DIE REDAKTION GESCHICKT WERDEN...

... ES GEHT UM LEBEN UND TOD!

ES GEHT IMMER UM LEBEN UND TOD, MEIN JUNGE. IST DEIN RECHNER ODER DIE KONSOLE IN RAUCH AUFGEGANGEN? FÜR REPARATUREN SIND WIR HIER NICHT ZUSTÄNDIG...

NEIN, NICHTS DERGLEICHEN.

41

ES IST WIRKLICH ERNST! EINE FREUNDIN VON MIR SCHWEBT IN LEBENSGEFAHR, WEIL SIE EIN PROGRAMM GESPIELT HAT, DAS SICH AUF DIESER DISKETTE BEFINDET!
HÖR MAL, JUNGE! ICH HABE ZU ARBEITEN...!
SIE MÜSSEN MIR GLAUBEN, DAS HIER IST SEHR, SEHR ERNST! ICH HABE ES SELBST GESPIELT UND KANN BESTÄTIGEN, DASS ES STIMMT, AUCH WENN ES UNGLAUBLICH KLINGT...!
NEW
HÖR MAL, KLEINER. SEIT ICH BEI DIESEM VERLAG ARBEITE, GIBT ES FÜR MICH KEIN »ERNST« ODER »UNGLAUBLICH« MEHR...
ENTSCHULDIGEN SIE DIE STÖRUNG... VIELEN DANK.
SCHON GUT! SCHON GUT...! UND WIE SOLL RAF DIR HELFEN?
ICH MÖCHTE NUR, DASS ER DAS PROGRAMM ÖFFNET UND AUSPROBIERT. DANN WEISS ICH WENIGSTENS, OB ICH NOCH GANZ KLAR IM KOPF BIN...
ER IST HEUTE NICHT HIER UND ICH BIN NICHT AUTORISIERT, ADRESSEN ODER TELEFONNUMMERN HERAUSZUGEBEN. ABER ICH WERDE IHN DARAUF ANSPRECHEN. WIE HEISST DAS SPIEL?
ES IST EIN GANZES SET VON SPIELEN DER FIRMA **NEW WORLD GAMES.**

RAFAEL? ICH BIN´S... SCHIMPF NICHT GLEICH. ICH RUFE AN, WEIL HIER EIN JUNGE IST, DER BEI DER EHRE SEINER AHNEN SCHWÖRT, DASS WEGEN EINES SPIELS EINE FREUNDIN VON IHM IM KOMA LIEGT...
WIE BITTE?! WIEDER SO EIN SPINNER?
NA JA, DAS DACHTE ICH ZUERST AUCH, DOCH ES SCHEINT WAS DRAN ZU SEIN AN SEINER GESCHICHTE... ABER WENN DU KEINE ZEIT HAST, SAG ICH IHM, DASS DU NICHT KANNST...
TJA... WAS SOLL ICH DENN FÜR IHN TUN? ICH BIN KEIN PSYCHIATER! WIE HEISST DENN DIESES SPIEL?
NEW WORLD GAMES, ODER SO ÄHNLICH...
DAS IST KEIN SPIEL, SONDERN EINE SOFTWAREFIRMA. UND EINE GUTE NOCH DAZU. HM, ICH WEISS AUCH NICHT... GUT, SAG IHM, ER SOLL VORBEIKOMMEN... ABER WENN, DANN JETZT SOFORT.
OB MAN'S GLAUBT ODER NICHT, RAF PICK ARBEITET IN DER TIEFGARAGE – BESSER GESAGT IM KONTROLLRAUM DER VERSORGUNGSANLAGEN DES VERLAGSGEBÄUDES...
AM ENDE DIESER EBENE, LETZTE TÜR.
PARKING
EXIT
ICH DANKE IHNEN.
ZWEIFELLOS. HIER MUSS ES SEIN.
DANGER
PELIGRO
HALLO! KOMM REIN, KOMM REIN... WIE HEISST DU?
FITO.
FITO!
OKAY, FITO... MICH NENNT MAN RAF. ERKLÄR MIR DEIN PROBLEM, WÄHREND ICH WEITERARBEITE.

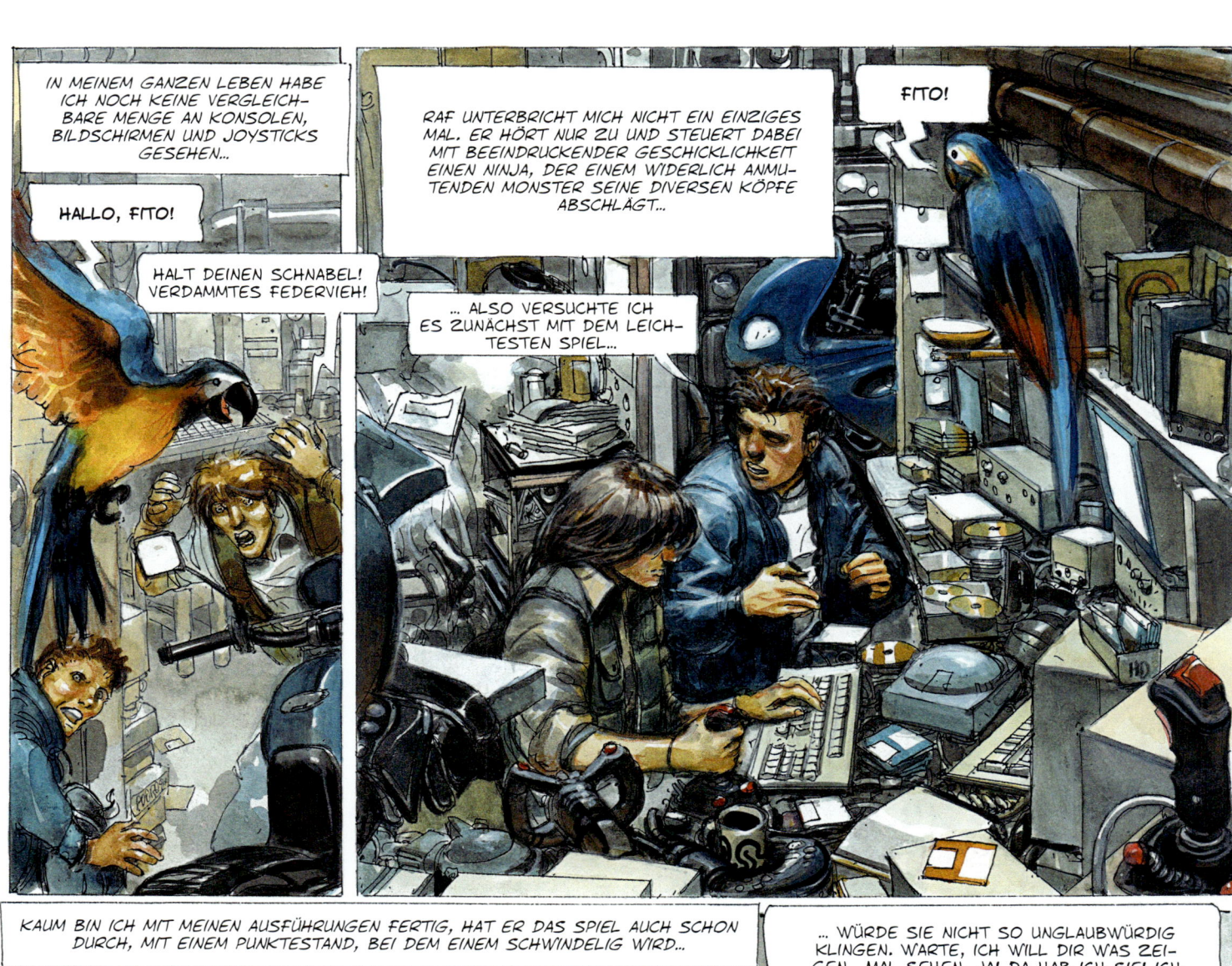

IN MEINEM GANZEN LEBEN HABE ICH NOCH KEINE VERGLEICHBARE MENGE AN KONSOLEN, BILDSCHIRMEN UND JOYSTICKS GESEHEN...

RAF UNTERBRICHT MICH NICHT EIN EINZIGES MAL. ER HÖRT NUR ZU UND STEUERT DABEI MIT BEEINDRUCKENDER GESCHICKLICHKEIT EINEN NINJA, DER EINEM WIDERLICH ANMUTENDEN MONSTER SEINE DIVERSEN KÖPFE ABSCHLÄGT...

FITO!

HALLO, FITO!

HALT DEINEN SCHNABEL! VERDAMMTES FEDERVIEH!

... ALSO VERSUCHTE ICH ES ZUNÄCHST MIT DEM LEICHTESTEN SPIEL...

KAUM BIN ICH MIT MEINEN AUSFÜHRUNGEN FERTIG, HAT ER DAS SPIEL AUCH SCHON DURCH, MIT EINEM PUNKTESTAND, BEI DEM EINEM SCHWINDELIG WIRD...

... WÜRDE SIE NICHT SO UNGLAUBWÜRDIG KLINGEN. WARTE, ICH WILL DIR WAS ZEIGEN... MAL SEHEN. JA! DA HAB ICH SIE! ICH BIN IMMER WIEDER ERSTAUNT, DASS ICH HIER DRIN ÜBERHAUPT NOCH WAS FINDE. DAS GRENZT ECHT AN EIN KLEINES WUNDER...

EINFACH GENIAL! DU HAST ES ECHT DRAUF!

ACH WAS, KEIN DING. DEINE GESCHICHTE DAGEGEN WÄRE ECHT DER HAMMER...

NEW WORLD GAMES! DIESES SPIEL HAT SEINEN WEG ZU MIR GEFUNDEN, WIE ALLE ANDEREN AUCH. ICH HABE ES ERST VOR EINIGEN TAGEN FÜR DIE ZEITSCHRIFT GETESTET.

NICHT ZU FASSEN! GENAU DAS MEINE ICH!

WIE DIR WAHRSCHEINLICH SCHON AUFGEFALLEN IST, VERFÜGE ICH ÜBER ALLES, WAS IN DER HEXENKÜCHE DER COMPUTERSPIELINDUSTRIE SO ZUSAMMENGEBRAUT WIRD.

ABER... IST DIR DENN NICHTS AUFGEFALLEN?

Nein, mir ist nichts ungewöhnliches aufgefallen, in keiner ihrer Demos. New World Games ist eine recht neue Firma, aber soweit ich überblicken kann, arbeitet sie gut und zuverlässig.	Und tatsächlich erscheint sogleich das Logo von New World Games auf dem Bildschirm. Jetzt kommt gleich das Auswahlmenü... KROAH!!	Und auch das gewinnende Lächeln unserer Miss Demo strahlt wie eh und je. Jetzt wählen wir mal irgendein Spiel aus diesem Menü aus, zum Beispiel >Das Labyrinth<. ...wähle dein Spiel...

Wenn das Logo erneut auf dem Bildschirm erscheint, scheint es zu explodieren und auf dich zuzukommen...

Bereits nach dem Intro ist mir klar, dass diese Version völlig normal ablaufen wird. Es ist ja auch nicht Claras Kopie. Aber ich sage nichts...

LABYRINTH

Raf nimmt seinen Joystick und weicht mit beeindruckender Geschicklichkeit der ersten fiesen Falle aus. Schnell stellt sich bei mir das Gefühl ein, dass das hier Zeitverschwendung ist...

Die muskelbepackte, von Raf gesteuerte Spielfigur arbeitet sich vorsichtig weiter voran...

... DOCH NICHT VORSICHTIG GENUG...

... NUR EINE BLITZSCHNELLE JOYSTICK-BEWEGUNG BEWAHRT DIE SPIELFIGUR IM LETZTEN AUGENBLICK DAVOR...

... IN EINEN TIEFEN SCHACHT ZU FALLEN, VERHINDERT ABER NICHT, DASS MIT UNERBITTLICHER ZIELGENAUIGKEIT EINE GANZE SALVE TÖDLICHER SPEERE AUS DER TIEFE EMPORSCHIESST.

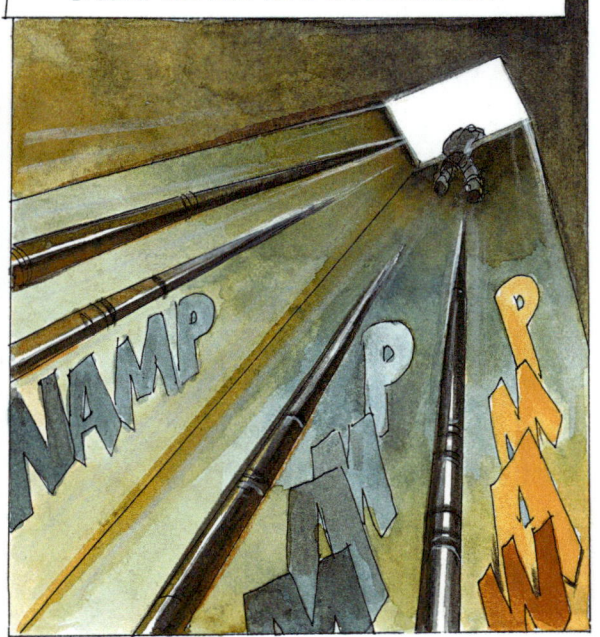

MIT EINEM MARKERSCHÜTTERNDEN SCHREI STIRBT DER HELD UND DAS SPIEL IST VORBEI.

DAS GIBT MIR GELEGENHEIT, RAF NOCH MAL MIT DEM EIGENTLICHEN GRUND MEINES BESUCHS ZU KONFRONTIEREN.

SCHON GUT! JETZT VERSTEHE ICH, WARUM DU MIR NICHT GLAUBST... ICH GLAUBE MIR JA FAST SELBST NICHT. VERSCHWENDE NICHT WEITER DEINE ZEIT MIT DIESER CD. SIE IST NORMAL...

LASS MICH HIER BEI DIR NUR EIN EINZIGES MAL MEINE DISKETTE AUSPROBIEREN. WENN ES NICHT ZU DEM BESCHRIEBENEN PHÄNOMEN KOMMT, GEHE ICH UND WERDE DICH NICHT MEHR BELÄSTIGEN.

JETZT KRIEG DICH WIEDER EIN. ICH WOLLTE ES DIR JA BLOSS VORFÜHREN... SCHON GUT! GIB MIR DIESE DISKETTE.

ICH KANN EIN KALTES SCHAUDERN NICHT UNTERDRÜCKEN, DAS MIR ÜBER DEN RÜCKEN LÄUFT, ALS RAF DIE DISKETTE VON CLARA IN DAS LAUFWERK SCHIEBT.

WIR VERSUCHEN ES EINFACH MIT DEMSELBEN SPIEL, ALSO MIT DEM »LABYRINTH«. ICH WERDE ABER DIESMAL DEN MULTIPLAYER-MODUS AKTIVIEREN, DAMIT WIR ZUSAMMEN SPIELEN KÖNNEN...

WARTE, VIELLEICHT SOLLTEST DU BESSER ALLEINE SPIELEN, ICH WILL NICHT...

ACH WAS, LOS GEHT'S! ICH WÜNSCHTE WIRKLICH, WAS DU DA ERZÄHLST, WÄRE WAHR...!

FÜR EINEN MOMENT FANGE ICH WIEDER AN, AN MIR ZU ZWEIFELN UND DENKE, DASS DAS ALLES NUR EINBILDUNG WAR...
... SEKUNDEN VERGEHEN UND ICH BIN MIR FAST SICHER, DASS ICH GLEICH WIE DER LETZTE IDIOT DASTEHEN WERDE...
NEWWORLDGAME
WIE LANGE MUSS MAN DENN DARAUF WARTEN, KUMPEL?
DA IST ES SCHON!
HOLLA! WAS IST DAS DENN FÜR'N HOKUSPOKUS?!
SCHEISSE... DAS FÜHLT SICH VERFLUCHT WIRKLICH AN!
ZUM ERSTEN MAL SEHE ICH, WIE DER KÖRPER EINES ANDEREN IN EINZELTEILEN AUSEINANDERFLIEGT.
VERDAMMTE SCH...! FIIIITO!
HALLO! FIIIITO!

FITOOO!!

FITO, WAS GEHT DENN HIER AB?! DAS IST UNGLAUBLICH!! DAS KANN UNMÖGLICH WAHR SEIN!!

PASS BLOSS AUF, RAF, WIR SIND JETZT DIREKT IM SPIEL!

UND LORENZO? WO IST MEIN PAPAGEI?!

RAF! AUFPASSEN, HAB ICH GESAGT!! DIE ERSTE FALLE!

ZURÜCK AN DIE WAND! DA KOMMEN DIE SPEERE!

FITOOO!! HOL MICH HIER RAUS!

EINE GANZE SALVE SPEERE SAMT EINER RAKETE ZISCHEN HAARSCHARF AN UNS VORBEI...

HOL MICH HIER RAUS! JETZT UND AUF DER STELLE!!
IST JA GUT! MITHILFE DES ESCAPE-BUTTONS AN DER ARMBANDUHR SIND WIR GLEICH WIEDER DRAUSSEN.
EINE UHR?!!
WAS FÜR 'NE UHR?!!
HILFE! WAS GESCHIEHT MIT MIR?!! ICH SCHWÖRE, ICH STREICHE DEN WODKA AUS DER LISTE MEINER ALKOHOL-DIÄT!!
RAF! ALLES KLAR MIT DIR? VIELLEICHT WAR ES DOCH KEINE SO GUTE IDEE, NICHT MIT DER DEMO ANZUFANGEN, WIE ICH DAS GEMACHT HABE.
ICH ENTSCHULDIGE MICH AUSDRÜCKLICH BEI DIR! ICH GEBE ZU, ICH HABE DIR KEIN EINZIGES WORT GEGLAUBT! UND DAS SCHLIMMSTE IST, ICH KANN IMMER NOCH NICHT GLAUBEN, WAS GERADE PASSIERT IST!
ICH VERSTEHE DICH. MIR GEHT'S SEIT ZWEI TAGEN GENAUSO. WAS MACHEN WIR JETZT?
WAS WIR MACHEN?! DU KANNST FRAGEN STELLEN, JUNGE!! WIR WERDEN JETZT ALLE SPIELE DER REIHE NACH DURCHSPIELEN!! **DAS IST ABSOLUT ABGEFAHREN, MANN!!**
KAPIERST DU'S DENN NICHT?! FÜR DEN EINGANG IN DIE VIRTUELLE REALITÄT BRAUCHT'S NICHT MEHR, ALS DEN STAND EINES ALTEN SPECTRUM-RECHNERS! **HAMMER!**
DAS KAPIER ICH SCHON. ABER ICH KANN NICHT VERGESSEN, WAS MIT CLARA PASSIERT IST! ICH BIN DAVON ÜBERZEUGT, DASS IHR KOMA VOM SPIELEN DIESER AUSSERGEWÖHNLICHEN PROGRAMME HERVORGERUFEN WURDE.
NACHDEM ICH DAS EBEN ERLEBT HABE, GEBE ICH DIR ABSOLUT RECHT. DARAN GIBT'S KEINEN ZWEIFEL!

ABER ANDERERSEITS IST DAS BESTE MITTEL, UM HERAUSZUFINDEN, OB DA WIRKLICH EIN ZUSAMMENHANG BESTEHT, ALLE SPIELE NOCH MAL DURCHZUPROBIEREN... UND NEBENBEI AUCH DAS »SPASSIGSTE«, WOHLGEMERKT!
DU WEISST NICHT ZUFÄLLIG, WIE CLARA AN DIESE KOPIE DER SPIELE GEKOMMEN IST, ODER?
LEIDER NEIN, SIE HAT SIE MIR ONLINE ZUGESCHICKT.
WIRKLICH EIGENARTIG. AUF DEN ERSTEN BLICK SIEHT DAS AUS WIE EINE GANZ NORMALE DISKETTE...
... DIE TECHNIK, DATEN ZU KOMPRIMIEREN, IST JA HEUTZUTAGE WEIT FORTGESCHRITTEN. ABER DOCH NICHT SO WEIT, DASS AUF EINER NORMALEN DISKETTE DERART VIELE INFORMATIONEN ABGELEGT WERDEN KÖNNTEN, UM SO EIN PHÄNOMEN ZU ERZEUGEN.
HIER DRIN MUSS ETWAS STATTFINDEN, DAS VIEL ZU WEITREICHEND IST, ALS DASS WIR ES ANNÄHERND BEGREIFEN KÖNNTEN.
ES IST NOCH NICHT EINMAL NÖTIG, DAS PROGRAMM AUF DEINEM RECHNER ZU INSTALLIEREN, DAMIT ES FUNKTIONIERT!! DAS GANZE LÄUFT GANZ EINFACH DIREKT ÜBER DAS LAUFWERK AB!!
RUHIG BLUT, RAF. ZERMARTER DIR NICHT DAS HIRN! ICH WÜRDE GAR NICHT ERST VERSUCHEN, DAHINTER ZU KOMMEN. ICH FÜRCHTE, DAS GANZE IST LOGISCH NICHT ZU ERFASSEN.
ICH WÜRDE MICH DAMIT ZUFRIEDEN GEB...
WIR MÜSSEN RAUSFINDEN, WO DIE GRENZEN SIND!! WIR GEHEN NOCH MAL ZURÜCK INS LABYRINTH!! MIR GEHT'S WIEDER BESSER. ICH HALT DAS SCHON AUS!!
EINVERSTANDEN. ICH KANN NUR HOFFEN, DASS DU WEISST, WORAUF DU DICH EINLÄSST.
KROAH!!

ZUM ERSTEN MAL FÜHLE ICH MICH HALBWEGS WOHL, SEIT MIT DEM AUFTAUCHEN DER MYSTERIÖSEN DISKETTE DIESER FURCHTBARE ALBTRAUM ÜBER MICH HEREINGEBROCHEN IST...

... WAS SICHERLICH NICHT ZULETZT DARAN LIEGT, DASS ICH DIESE AUSSERGEWÖHNLICHE ERFAHRUNG, DIE WIR HIER GERADE DURCHMACHEN, JETZT MIT JEMANDEM TEILEN KANN...

ALSO DANN, WÄHLEN WIR NOCH EINMAL »DAS LABYRINTH«!

ALLES KLAR...

MOMENT! ICH TRAGE NOCH SCHNELL UNSERE NAMEN EIN.

LOS GEHT'S!

MONTAG, 15. OKTOBER, 13.15 UHR.

KROAH!!

DIESES MAL IST RAF BESSER VORBEREITET UND ICH BEREITS EIN HALBER VETERAN... ABER TROTZDEM LÄSST UNS DAS ERLEBNIS ERNEUT VOR SCHRECK ERSTARREN.

AUS IRGENDEINEM UNERFINDLICHEN GRUND BLEIBT LORENZO VON DEN AUSWIRKUNGEN DES SPIELS VERSCHONT.

DAS GLEISSENDE LICHT VERSCHLUCKT ALLES, WÄHREND DIE MUSIK HINGEGEN EINEN FINSTEREN CHARAKTER ANNIMMT...

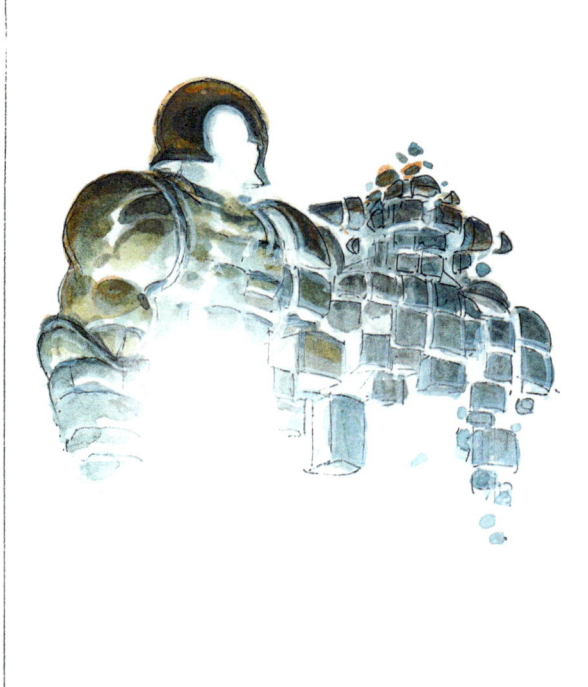

KROAH!!

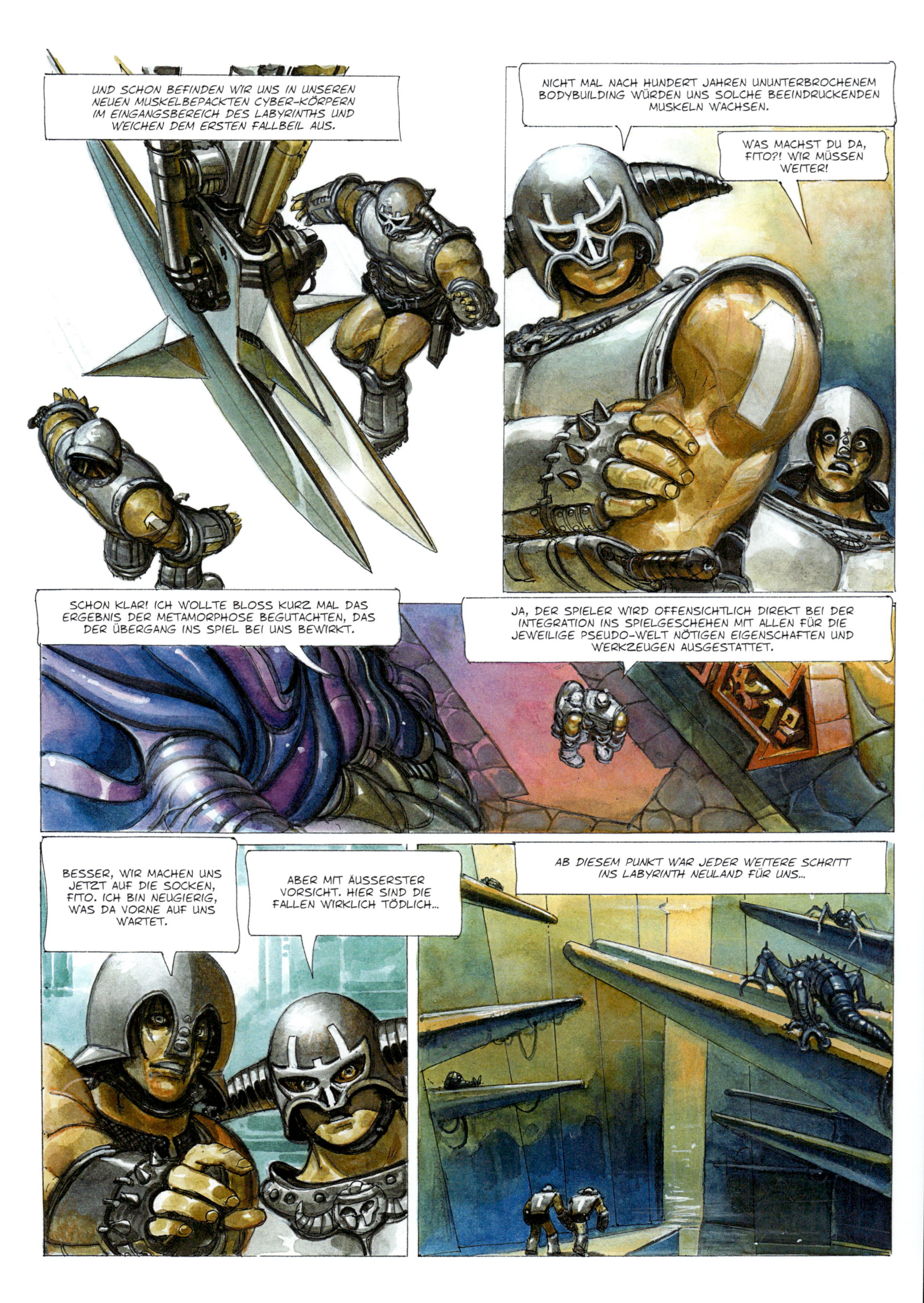

UND SCHON BEFINDEN WIR UNS IN UNSEREN NEUEN MUSKELBEPACKTEN CYBER-KÖRPERN IM EINGANGSBEREICH DES LABYRINTHS UND WEICHEN DEM ERSTEN FALLBEIL AUS.

NICHT MAL NACH HUNDERT JAHREN UNUNTERBROCHENEM BODYBUILDING WÜRDEN UNS SOLCHE BEEINDRUCKENDEN MUSKELN WACHSEN.

WAS MACHST DU DA, FITO?! WIR MÜSSEN WEITER!

SCHON KLAR! ICH WOLLTE BLOSS KURZ MAL DAS ERGEBNIS DER METAMORPHOSE BEGUTACHTEN, DAS DER ÜBERGANG INS SPIEL BEI UNS BEWIRKT.

JA, DER SPIELER WIRD OFFENSICHTLICH DIREKT BEI DER INTEGRATION INS SPIELGESCHEHEN MIT ALLEN FÜR DIE JEWEILIGE PSEUDO-WELT NÖTIGEN EIGENSCHAFTEN UND WERKZEUGEN AUSGESTATTET.

BESSER, WIR MACHEN UNS JETZT AUF DIE SOCKEN, FITO. ICH BIN NEUGIERIG, WAS DA VORNE AUF UNS WARTET.

ABER MIT ÄUSSERSTER VORSICHT. HIER SIND DIE FALLEN WIRKLICH TÖDLICH...

AB DIESEM PUNKT WAR JEDER WEITERE SCHRITT INS LABYRINTH NEULAND FÜR UNS...

HALTEN WIR UNS DICHT AN DER WAND. DIESER WEG SCHEINT ETWAS RUHIGER ZU SEIN...
OKAY, VORWÄRTS!
DIESEN WEG ALS »RUHIGER« ZU BEZEICHNEN, WAR OFFENSICHTLICH DOCH ETWAS VOREILIG.
RUHIG, SAGST DU?!
VERGISS, WAS ICH GESAGT HAB!
CLAC!
NUR DER REFLEKTIERENDEN METALLISCHEN UMGEBUNG VERDANKEN WIR UNSER DIGITALES LEBEN...
NICHT GERADE EINFACH, SICH SOLCHER MONSTREN MIT UNSEREN KINDERDOLCHEN ZU ERWEHREN.
NACHDEM DIE ERSTE ANGST ÜBERWUNDEN IST, FÜHLE UND BEWEGE ICH MICH GUT IN MEINEM RIESIGEN KÖRPER; DAS GIBT SELBSTVERTRAUEN...
DIE KAUFEN WIR UNS!

ZU VIEL SELBSTVERTRAUEN...

DIE KLAUEN LANDEN EINEN VOLLTREFFER. MIR BLEIBT NICHT MAL ZEIT ZUM SCHREIEN...

... GESCHWEIGE DENN ZUM ERSCHRECKEN. ES IST JA IMMERHIN DAS ERSTE MAL, DASS ICH DRAUFGEHE... UND ICH FÜRCHTE, AUCH NICHT DAS LETZTE...

MEIN SPIELFIGURENKÖRPER LÖST SICH IN SEKUNDENBRUCHTEILEN AUF...

AAARFF

... UM SICH IM NÄCHSTEN AUGENBLICK IM ZWEITEN DER DREI KÖRPER, DIE MIR DAS SPIEL ZUGESTEHT, ZU REGENERIEREN. IN DER VORGESEHENEN SCHUTZBLASE ERWACHE ICH ZU NEUEM LEBEN...

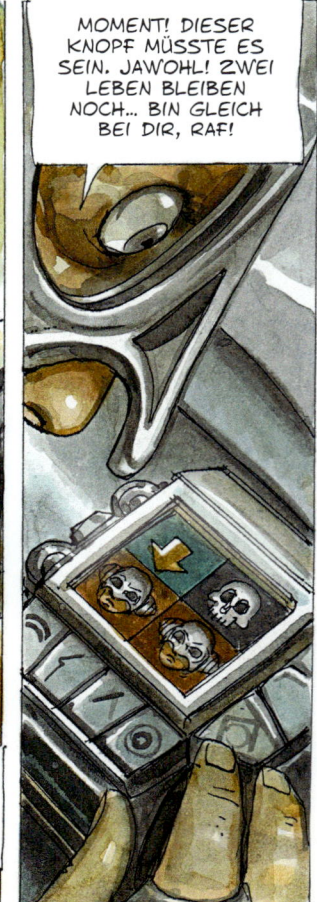

FITO

MOMENT! DIESER KNOPF MÜSSTE ES SEIN. JAWOHL! ZWEI LEBEN BLEIBEN NOCH... BIN GLEICH BEI DIR, RAF!

FITO! VERDAMMT NOCHMAL! ICH HALTE NICHT MEHR LANGE DURCH!

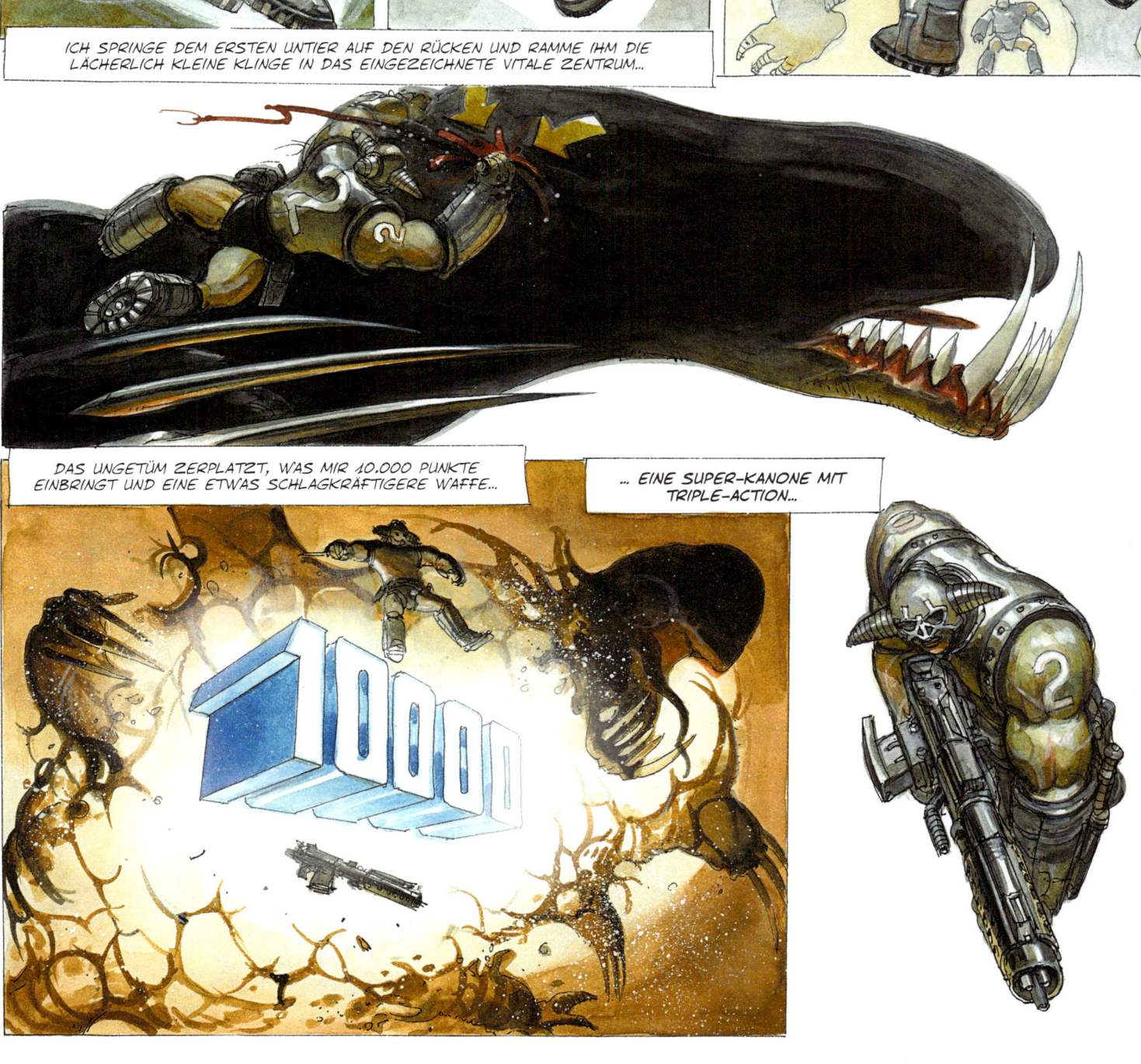

ICH TRETE AN DERSELBEN STELLE WIEDER INS SPIEL EIN, AN DER ICH EBEN UMS LEBEN KAM...

... DAS NEUE MESSER BLITZT AUF, ALS ICH ES AUS DEM FUTTERAL ZIEHE. DIE MONSTER SIND MIT RAF BESCHÄFTIGT, DAS WIRD EIN KINDERSPIEL...

ICH SPRINGE DEM ERSTEN UNTIER AUF DEN RÜCKEN UND RAMME IHM DIE LÄCHERLICH KLEINE KLINGE IN DAS EINGEZEICHNETE VITALE ZENTRUM...

DAS UNGETÜM ZERPLATZT, WAS MIR 10.000 PUNKTE EINBRINGT UND EINE ETWAS SCHLAGKRÄFTIGERE WAFFE...

... EINE SUPER-KANONE MIT TRIPLE-ACTION...

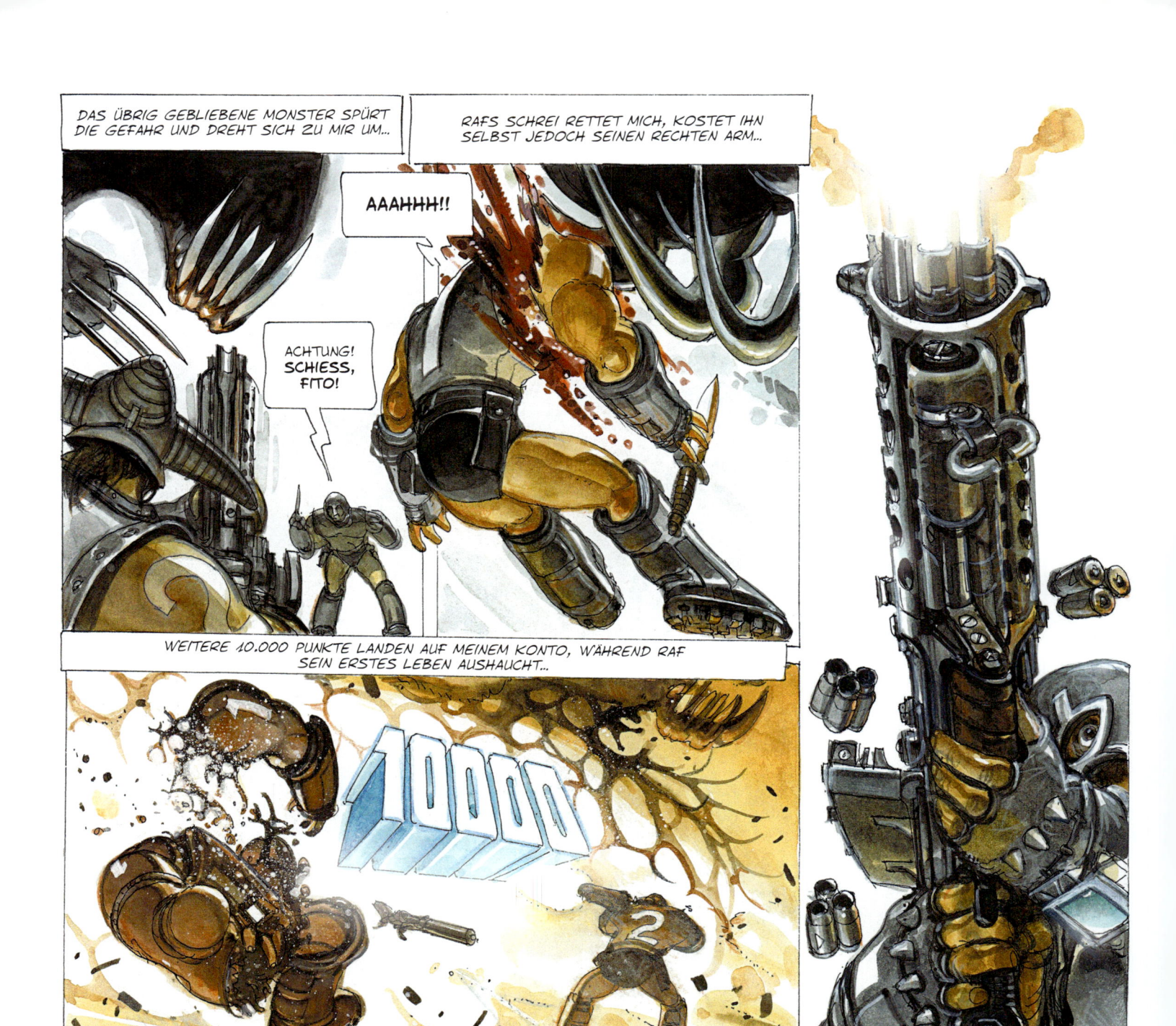

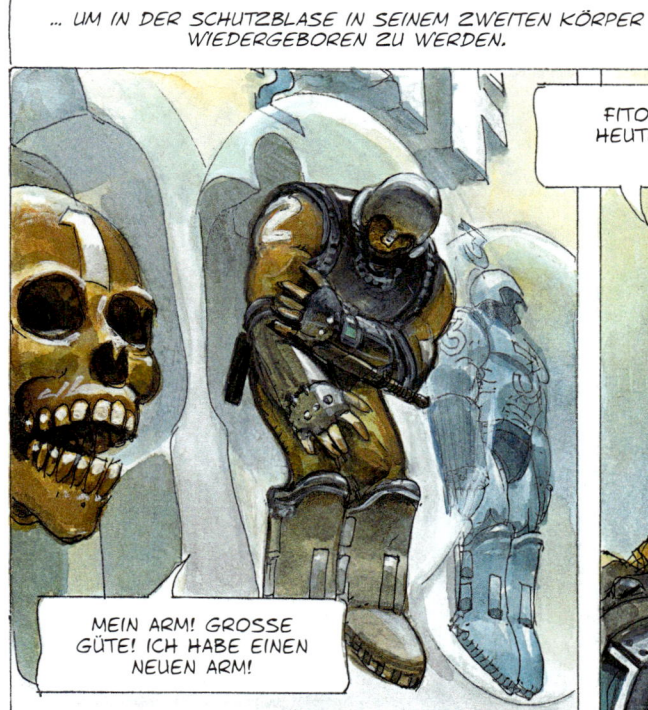

| DAS ÜBRIG GEBLIEBENE MONSTER SPÜRT DIE GEFAHR UND DREHT SICH ZU MIR UM... | RAFS SCHREI RETTET MICH, KOSTET IHN SELBST JEDOCH SEINEN RECHTEN ARM... |

AAAHHH!!

ACHTUNG! SCHIESS, FITO!

WEITERE 10.000 PUNKTE LANDEN AUF MEINEM KONTO, WÄHREND RAF SEIN ERSTES LEBEN AUSHAUCHT...

... UM IN DER SCHUTZBLASE IN SEINEM ZWEITEN KÖRPER WIEDERGEBOREN ZU WERDEN.

FITO! ICH HABE GENUG FÜR HEUTE! ICH VERLASSE JETZT DAS SPIEL!

WARTE EINEN AUGENBLICK!

MEIN ARM! GROSSE GÜTE! ICH HABE EINEN NEUEN ARM!

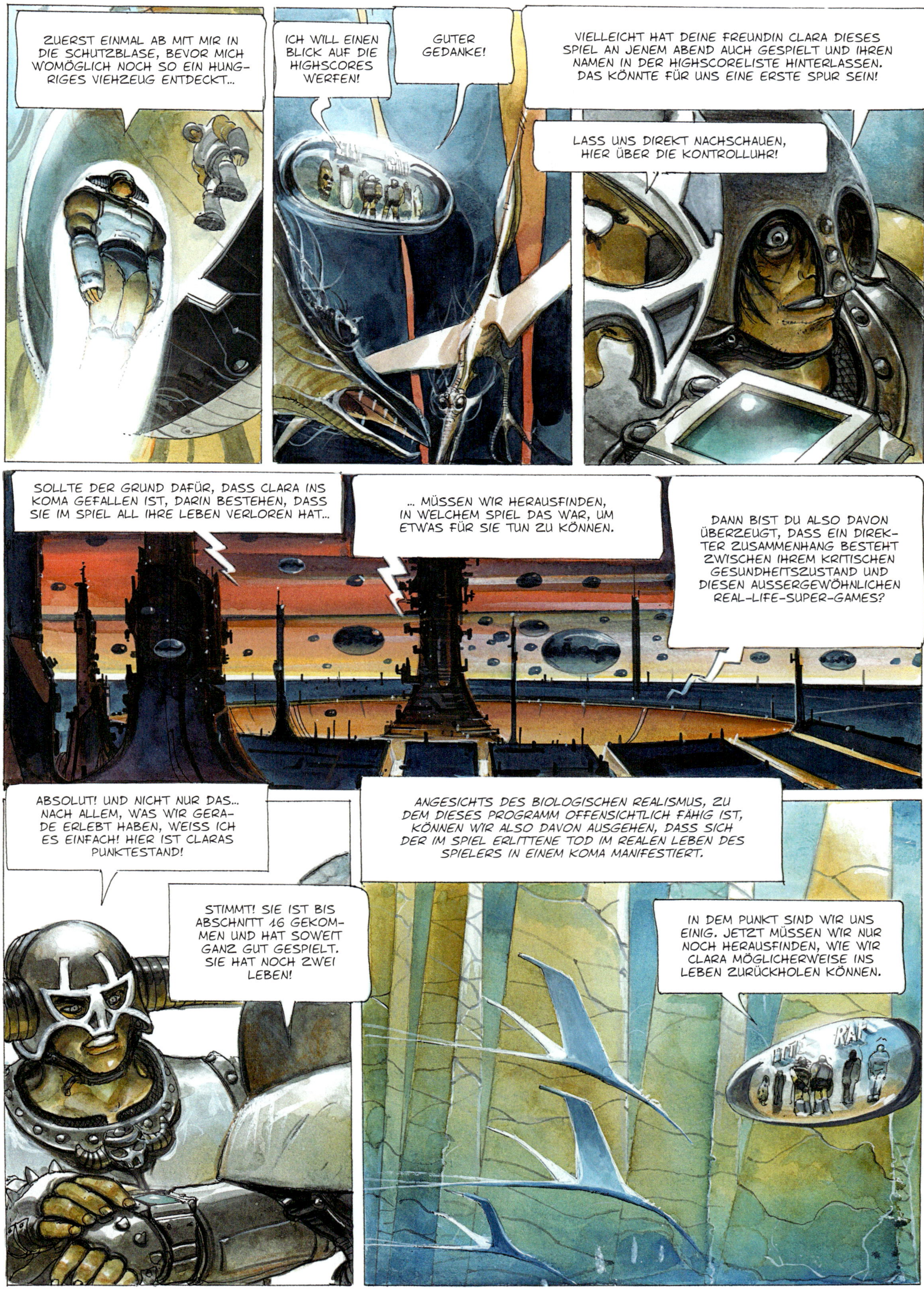
ZUERST EINMAL AB MIT MIR IN DIE SCHUTZBLASE, BEVOR MICH WOMÖGLICH NOCH SO EIN HUNGRIGES VIEHZEUG ENTDECKT...
ICH WILL EINEN BLICK AUF DIE HIGHSCORES WERFEN!
GUTER GEDANKE!
VIELLEICHT HAT DEINE FREUNDIN CLARA DIESES SPIEL AN JENEM ABEND AUCH GESPIELT UND IHREN NAMEN IN DER HIGHSCORELISTE HINTERLASSEN. DAS KÖNNTE FÜR UNS EINE ERSTE SPUR SEIN!
LASS UNS DIREKT NACHSCHAUEN, HIER ÜBER DIE KONTROLLUHR!
SOLLTE DER GRUND DAFÜR, DASS CLARA INS KOMA GEFALLEN IST, DARIN BESTEHEN, DASS SIE IM SPIEL ALL IHRE LEBEN VERLOREN HAT...
... MÜSSEN WIR HERAUSFINDEN, IN WELCHEM SPIEL DAS WAR, UM ETWAS FÜR SIE TUN ZU KÖNNEN.
DANN BIST DU ALSO DAVON ÜBERZEUGT, DASS EIN DIREKTER ZUSAMMENHANG BESTEHT ZWISCHEN IHREM KRITISCHEN GESUNDHEITSZUSTAND UND DIESEN AUSSERGEWÖHNLICHEN REAL-LIFE-SUPER-GAMES?
ABSOLUT! UND NICHT NUR DAS... NACH ALLEM, WAS WIR GERADE ERLEBT HABEN, WEISS ICH ES EINFACH! HIER IST CLARAS PUNKTESTAND!
STIMMT! SIE IST BIS ABSCHNITT 16 GEKOMMEN UND HAT SOWEIT GANZ GUT GESPIELT. SIE HAT NOCH ZWEI LEBEN!
ANGESICHTS DES BIOLOGISCHEN REALISMUS, ZU DEM DIESES PROGRAMM OFFENSICHTLICH FÄHIG IST, KÖNNEN WIR ALSO DAVON AUSGEHEN, DASS SICH DER IM SPIEL ERLITTENE TOD IM REALEN LEBEN DES SPIELERS IN EINEM KOMA MANIFESTIERT.
IN DEM PUNKT SIND WIR UNS EINIG. JETZT MÜSSEN WIR NUR NOCH HERAUSFINDEN, WIE WIR CLARA MÖGLICHERWEISE INS LEBEN ZURÜCKHOLEN KÖNNEN.

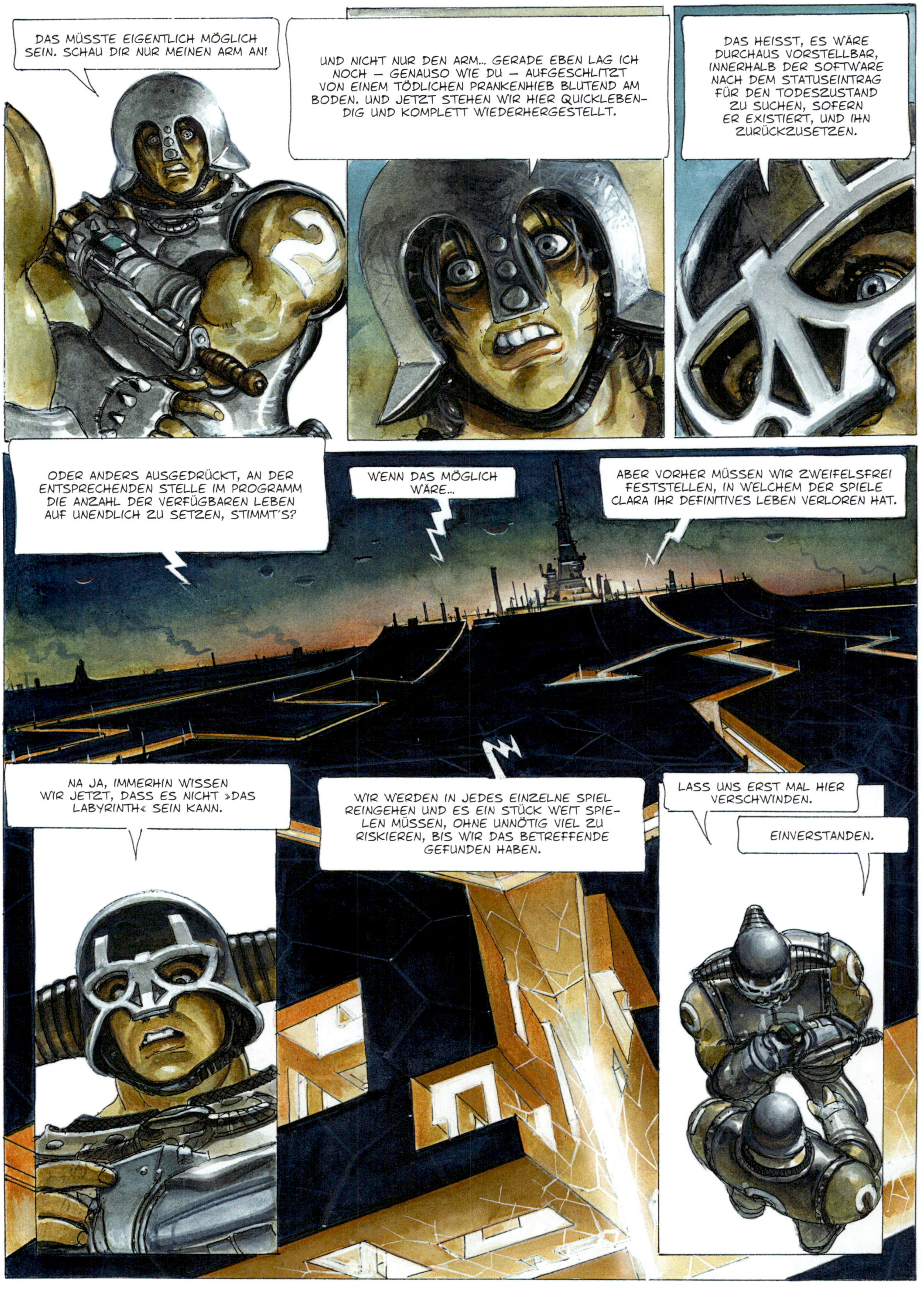
DAS MÜSSTE EIGENTLICH MÖGLICH SEIN. SCHAU DIR NUR MEINEN ARM AN!
UND NICHT NUR DEN ARM... GERADE EBEN LAG ICH NOCH – GENAUSO WIE DU – AUFGESCHLITZT VON EINEM TÖDLICHEN PRANKENHIEB BLUTEND AM BODEN. UND JETZT STEHEN WIR HIER QUICKLEBENDIG UND KOMPLETT WIEDERHERGESTELLT.
DAS HEISST, ES WÄRE DURCHAUS VORSTELLBAR, INNERHALB DER SOFTWARE NACH DEM STATUSEINTRAG FÜR DEN TODESZUSTAND ZU SUCHEN, SOFERN ER EXISTIERT, UND IHN ZURÜCKZUSETZEN.
ODER ANDERS AUSGEDRÜCKT, AN DER ENTSPRECHENDEN STELLE IM PROGRAMM DIE ANZAHL DER VERFÜGBAREN LEBEN AUF UNENDLICH ZU SETZEN, STIMMT'S?
WENN DAS MÖGLICH WÄRE...
ABER VORHER MÜSSEN WIR ZWEIFELSFREI FESTSTELLEN, IN WELCHEM DER SPIELE CLARA IHR DEFINITIVES LEBEN VERLOREN HAT.
NA JA, IMMERHIN WISSEN WIR JETZT, DASS ES NICHT »DAS LABYRINTH« SEIN KANN.
WIR WERDEN IN JEDES EINZELNE SPIEL REINGEHEN UND ES EIN STÜCK WEIT SPIELEN MÜSSEN, OHNE UNNÖTIG VIEL ZU RISKIEREN, BIS WIR DAS BETREFFENDE GEFUNDEN HABEN.
LASS UNS ERST MAL HIER VERSCHWINDEN.
EINVERSTANDEN.

PLEC!
HAAAAA!
WARUM SCHREIST DU DENN SO? WAS IST LOS?
AAAHA!
WAS LOS IST, FRAGST DU...?! DU SCHEINST DICH JA GANZ SCHÖN FIX AN DIE UNGLAUBLICHSTEN DINGE ZU GEWÖHNEN! WAS HIER GERADE PASSIERT, IST ABSOLUT UNFASSBAR, UND DU FRAGST MICH, WAS LOS IST...!!
WIR KOMMEN GERADE AUS EINER ANDEREN WELT, AUS EINER ANDEREN DIMENSION! WIR SIND GESTORBEN UND WIEDER AUFERSTANDEN, HABEN GEGEN UNVORSTELLBARE MONSTREN GEKÄMPFT UND DU FRAGST EINFACH, WAS LOS IST! **IST DAS ETWA NICHTS?** DESHALB SCHREIE ICH, **DESHALB!**
KROAH!
IST JA GUT! ICH HAB'S KAPIERT!
AUSSERDEM SCHREIE ICH, WEIL ICH MICH DEN GANZEN LIEBEN LANGEN TAG MIT DIESEN MISERABLEN SPIELEN RUMPLAGEN MUSS, UM ARTIKEL FÜR EINE LANGWEILIGE ZEITSCHRIFT ZU SCHREIBEN...!
... UND DARAUF HABE ICH KEINE LUST MEHR, NACHDEM ICH ERLEBT HABE, WAS ICH HEUTE ERLEBT HABE! WER WILL DANACH NOCH SO WAS MITTELMÄSSIGES SEHEN?! DAS IST EINFACH UNERTRÄGLICH!
WENN DU WILLST, HELFE ICH DIR BEI DEINEN ARTIKELN, ICH HAB DICH JA SCHLIESSLICH IN DIESE SACHE REINGEZOGEN.
!!

DAS WÜRDEST DU TUN?!

NA KLAR! WARUM DENN NICHT? ICH KÖNNTE HEUTE NACHMITTAG WIEDER VORBEIKOMMEN, WENN'S DIR RECHT IST.

EINVERSTANDEN! DANN BIN ICH DIESE LÄSTIGE ARBEIT SCHNELLER LOS UND WIR KÖNNEN UNS VOLL UND GANZ AUF CLARAS FALL KONZENTRIEREN.

UND SO MACHEN WIR ES... RAF ANALYSIERT DIE NEUHEITEN DES MONATS, WÄHREND ICH NACH SEINEN ANGABEN DIE ENTSPRECHENDEN ARTIKEL ZUSAMMENSCHREIBE. TROTZDEM HÄLT UNS DAS EINE GANZE WEILE AUF...

CLARAS FALL NEHMEN WIR UNS LETZTLICH FÜR DEN NÄCHSTEN TAG VOR. ES IST SEHR SPÄT GEWORDEN UND WIR FÜHLEN UNS WIE GERÄDERT.

ICH BIN SO MÜDE, DASS AUCH AUS DEN GESCHICHTSHAUSAUFGABEN FÜR MORGEN NICHTS WIRD...

... WILLST DU DENN GAR NICHTS ESSEN?

DOCH, DOCH... ICH ESSE SPÄTER WAS...

OBWOHL MIR MEINE MUTTER ERLAUBT HAT, DEN RECHNER WIEDER ANZUSCHLIESSEN, SPIELE ICH NICHT MAL MEHR EINE RUNDE GUTES ALTES TETRIS.

NOCH VORM SCHLAFENGEHEN FRAGE ICH MICH, WELCHES UNGLAUBLICHE GEHEIMNIS WOHL CLARAS SIMPLE DISKETTE IN EINE DERARTIGE MONSTROSITÄT VERWANDELT HABEN KÖNNTE.

IN MEINEN TRÄUMEN WERDE ICH VOM LABYRINTH UND RAFS ZERFETZTEM ARM HEIMGESUCHT.

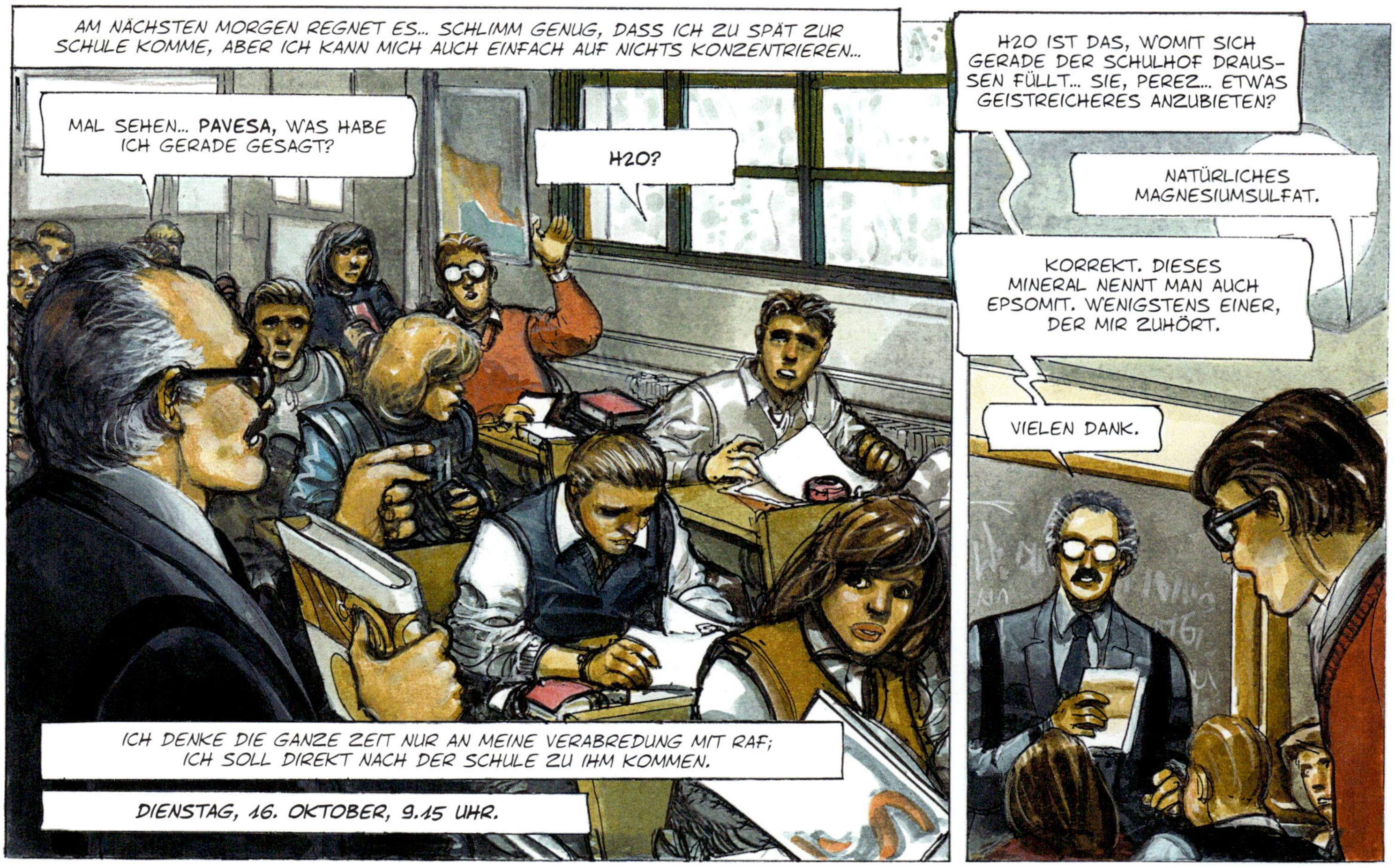

KAPITEL 5 COMMANDO

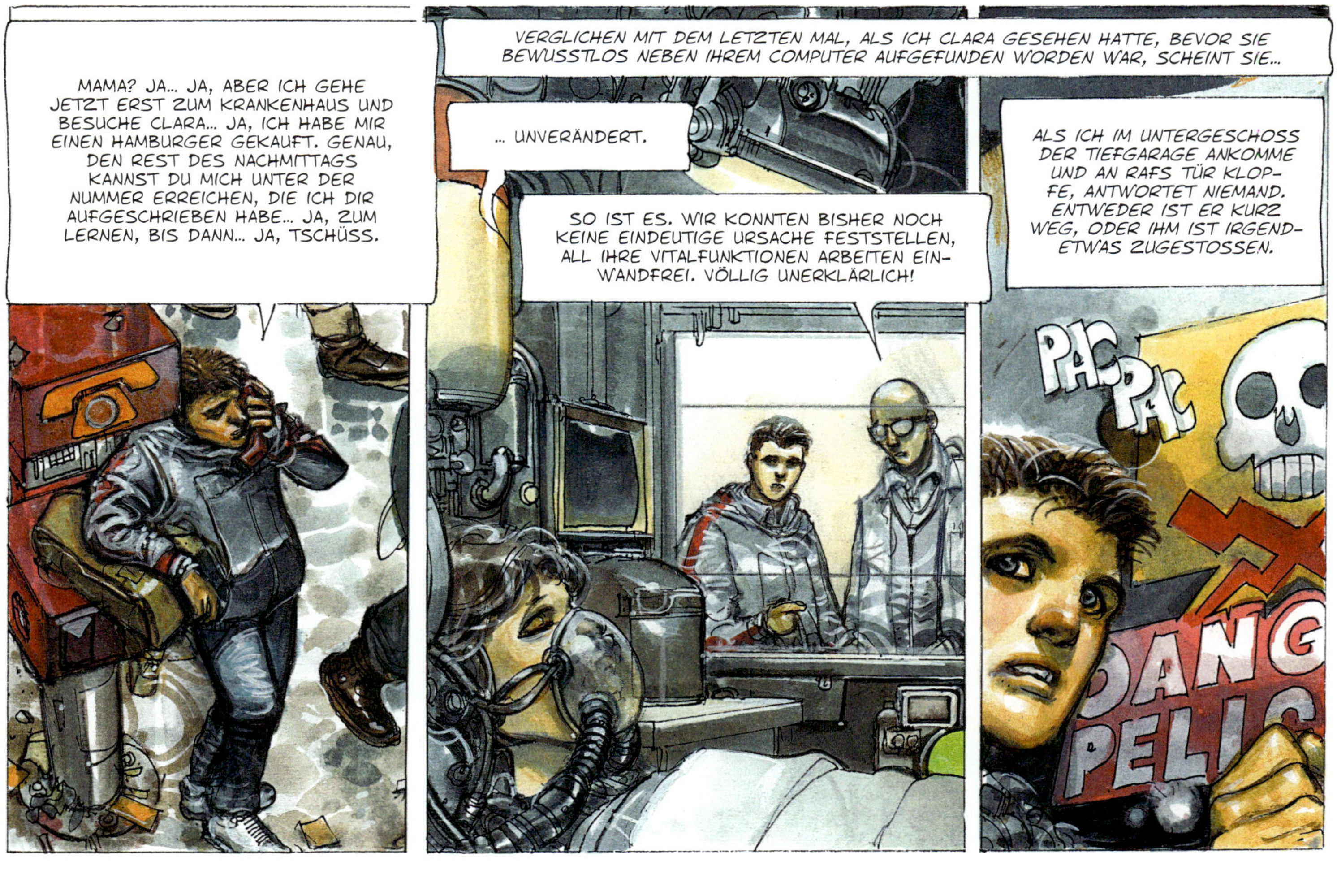

EIGENARTIG! WO IST ER DENN HIN?
ICH BESCHLIESSE, MAL NACHZUHAKEN.
HALLO! ICH BIN EIN FREUND VON RAF. WIR WAREN VERABREDET, ABER ER IST NICHT DA. SIE HABEN IHN NICHT ZUFÄLLIG WEGGEHEN SEHEN?
NEIN, ICH HABE IHN NICHT GESEHEN. HAB IHM SEINE POST EINFACH VOR DIE TÜR GELEGT.
SELTSAM. ER HAT SIE NOCH GAR NICHT REINGEHOLT.
HOPPLA! ES IST JA OFFEN!
CLEC
RAF?!
BITTE, LASSEN SIE UNS DOCH REINGEHEN UND NACHSCHAUEN! VIELLEICHT IST IHM ETWAS ZUGESTOSSEN!
DAS DARF ICH NICHT. ER IST WOMÖGLICH GERADE AUF DER TOILETTE ODER HAT DAMENBESUCH.
WIR WAREN HIER VERABREDET UND ICH HÄMMERE SCHON EINE GANZE WEILE AN DIESE TÜR! ALSO, ERZÄHLEN SIE MIR NICHTS! ES KANN SEHR ERNST SEIN, ICH WEISS, WOVON ICH SPRECHE!
NA, NA, JUNGE! DU ÜBERTREIBST...
JA, MAG SEIN! ABER SIE MACHEN JETZT AUF DER STELLE DIE TÜR AUF! ER KÖNNTE GERADE STERBEN, ODER SCHLIMMER NOCH...
SCHON GUT, SCHON GUT... BERUHIG DICH... DU ÜBERNIMMST ABER DIE VERANTWORTUNG, ICH MÖCHTE KEINE PROBLEME KRIEGEN.
EINVERSTANDEN.

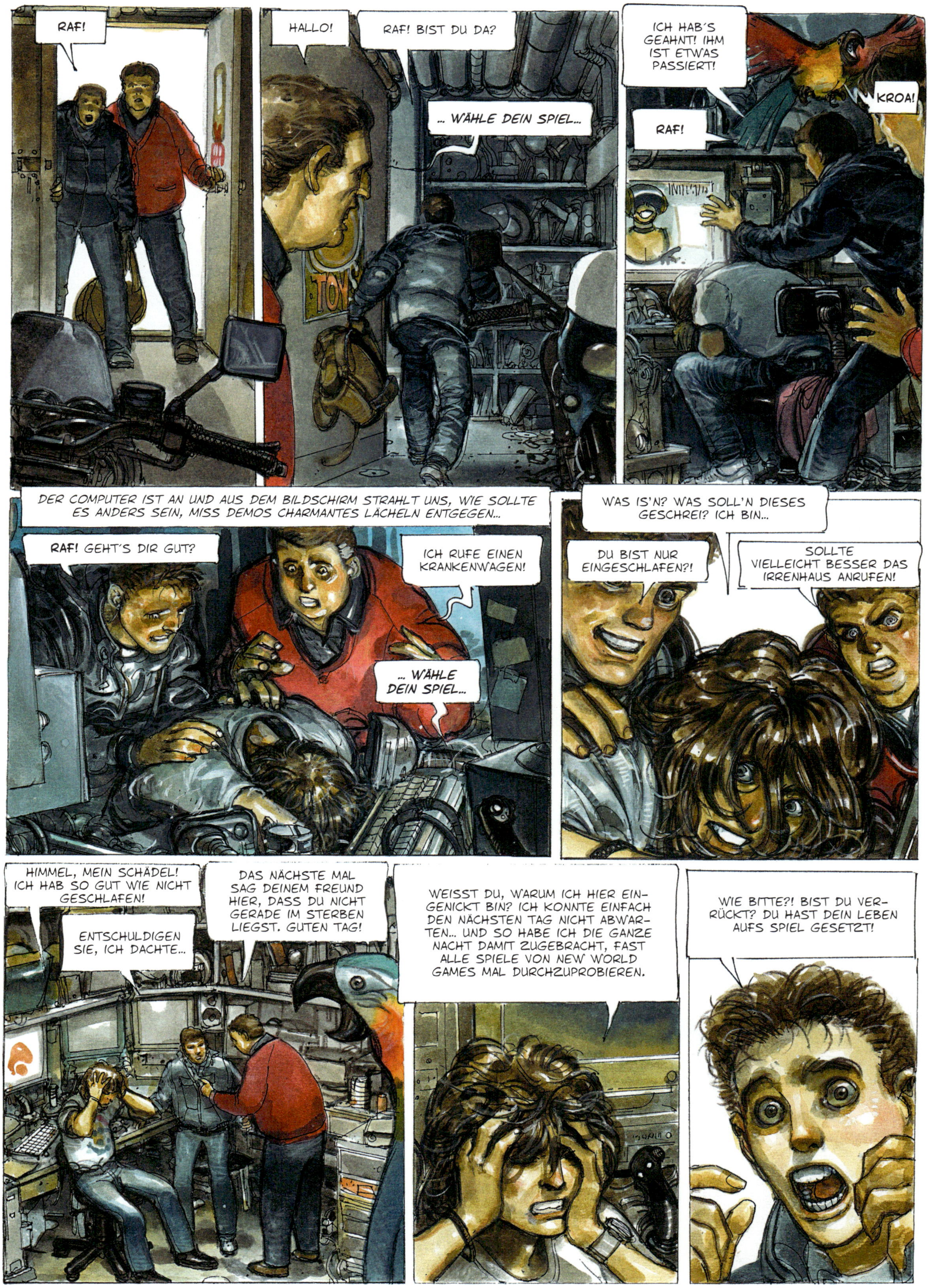
RAF!
HALLO!
RAF! BIST DU DA?
... WÄHLE DEIN SPIEL...
ICH HAB'S GEAHNT! IHM IST ETWAS PASSIERT!
KROA!
RAF!
DER COMPUTER IST AN UND AUS DEM BILDSCHIRM STRAHLT UNS, WIE SOLLTE ES ANDERS SEIN, MISS DEMOS CHARMANTES LÄCHELN ENTGEGEN...
RAF! GEHT'S DIR GUT?
ICH RUFE EINEN KRANKENWAGEN!
... WÄHLE DEIN SPIEL...
WAS IS'N? WAS SOLL'N DIESES GESCHREI? ICH BIN...
DU BIST NUR EINGESCHLAFEN?!
SOLLTE VIELLEICHT BESSER DAS IRRENHAUS ANRUFEN!
HIMMEL, MEIN SCHÄDEL! ICH HAB SO GUT WIE NICHT GESCHLAFEN!
ENTSCHULDIGEN SIE, ICH DACHTE...
DAS NÄCHSTE MAL SAG DEINEM FREUND HIER, DASS DU NICHT GERADE IM STERBEN LIEGST. GUTEN TAG!
WEISST DU, WARUM ICH HIER EINGENICKT BIN? ICH KONNTE EINFACH DEN NÄCHSTEN TAG NICHT ABWARTEN... UND SO HABE ICH DIE GANZE NACHT DAMIT ZUGEBRACHT, FAST ALLE SPIELE VON NEW WORLD GAMES MAL DURCHZUPROBIEREN.
WIE BITTE?! BIST DU VERRÜCKT? DU HAST DEIN LEBEN AUFS SPIEL GESETZT!

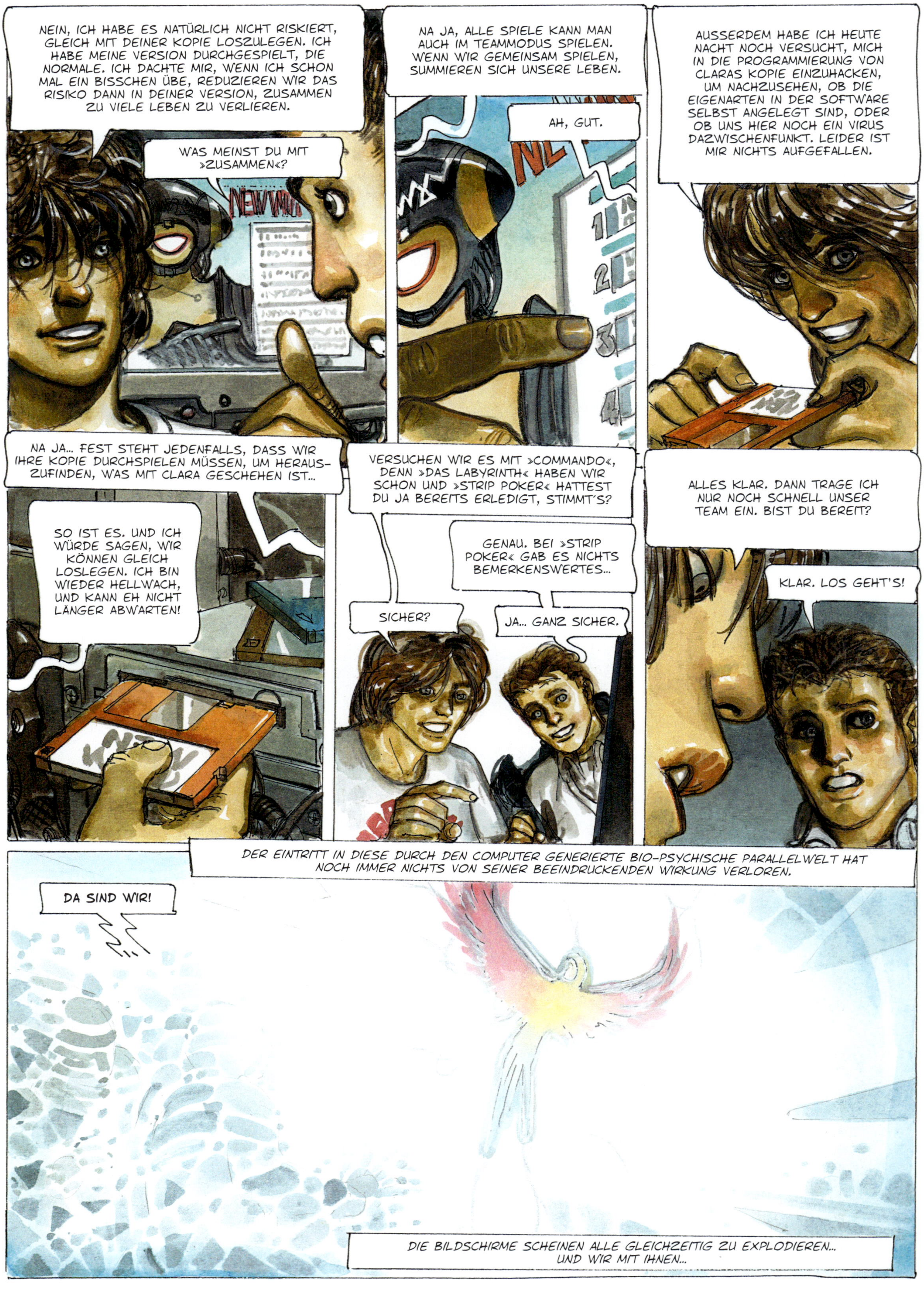
NEIN, ICH HABE ES NATÜRLICH NICHT RISKIERT, GLEICH MIT DEINER KOPIE LOSZULEGEN. ICH HABE MEINE VERSION DURCHGESPIELT, DIE NORMALE. ICH DACHTE MIR, WENN ICH SCHON MAL EIN BISSCHEN ÜBE, REDUZIEREN WIR DAS RISIKO DANN IN DEINER VERSION, ZUSAMMEN ZU VIELE LEBEN ZU VERLIEREN.
WAS MEINST DU MIT »ZUSAMMEN«?
NA JA, ALLE SPIELE KANN MAN AUCH IM TEAMMODUS SPIELEN. WENN WIR GEMEINSAM SPIELEN, SUMMIEREN SICH UNSERE LEBEN.
AH, GUT.
AUSSERDEM HABE ICH HEUTE NACHT NOCH VERSUCHT, MICH IN DIE PROGRAMMIERUNG VON CLARAS KOPIE EINZUHACKEN, UM NACHZUSEHEN, OB DIE EIGENARTEN IN DER SOFTWARE SELBST ANGELEGT SIND, ODER OB UNS HIER NOCH EIN VIRUS DAZWISCHENFUNKT. LEIDER IST MIR NICHTS AUFGEFALLEN.
NA JA... FEST STEHT JEDENFALLS, DASS WIR IHRE KOPIE DURCHSPIELEN MÜSSEN, UM HERAUSZUFINDEN, WAS MIT CLARA GESCHEHEN IST...
SO IST ES. UND ICH WÜRDE SAGEN, WIR KÖNNEN GLEICH LOSLEGEN. ICH BIN WIEDER HELLWACH, UND KANN EH NICHT LÄNGER ABWARTEN!
VERSUCHEN WIR ES MIT »COMMANDO«, DENN »DAS LABYRINTH« HABEN WIR SCHON UND »STRIP POKER« HATTEST DU JA BEREITS ERLEDIGT, STIMMT'S?
GENAU. BEI »STRIP POKER« GAB ES NICHTS BEMERKENSWERTES...
SICHER?
JA... GANZ SICHER.
ALLES KLAR. DANN TRAGE ICH NUR NOCH SCHNELL UNSER TEAM EIN. BIST DU BEREIT?
KLAR. LOS GEHT'S!
DER EINTRITT IN DIESE DURCH DEN COMPUTER GENERIERTE BIO-PSYCHISCHE PARALLELWELT HAT NOCH IMMER NICHTS VON SEINER BEEINDRUCKENDEN WIRKUNG VERLOREN.
DA SIND WIR!
DIE BILDSCHIRME SCHEINEN ALLE GLEICHZEITIG ZU EXPLODIEREN... UND WIR MIT IHNEN...

UND TATSÄCHLICH. DA SIND WIR, DIE GESICHTER MIT TARNFARBE BEMALT UND VOR DER MISSIONSAUSWAHL FÜR UNSEREN ERSTEN EINSATZ ALS ELITEKOMMANDO...
WAS WÄHLEN WIR? FÜR MICH SEHEN DIE ALLE GLEICH AUS.
DIE EINFACHSTE, WÜRDE ICH SAGEN. JA... DIE HIER HÖRT SICH GUT AN: »MISSION ANSICHTSMATERIAL«
BEING
HERZLICH WILLKOMMEN, GENTLEMEN. MEIN NAME IST CAPTAIN SMITH. IHRE MISSION BESTEHT DARIN, EINE FOTOGRAFISCHE DOKUMENTATION DES PROTOTYPEN DER VK-N8 ZU ERSTELLEN UND DIE MASCHINE DANACH ZU ZERSTÖREN. WIR MÜSSEN IHRE SERIENPRODUKTION SO LANGE WIE MÖGLICH SABOTIEREN.
ICH MÖCHTE MICH AUSDRÜCKLICH IM NAMEN DES GESAMTEN STABS BEI IHNEN FÜR IHRE FREIWILLIGE MELDUNG ZU DIESEM EINSATZ BEDANKEN, DA DIESE MISSION AUFGRUND IHRES AUSGESPROCHEN HOHEN GRADES AN UNKALKULIERBAREM RISIKO ALS BESONDERS HEIKEL EINGESTUFT WORDEN IST.
BESONDERS HEIKEL? **SCHEISSE!**
IHR ABWURF HINTER DIE FEINDLICHEN LINIEN WIRD UM PUNKT NULL-DREIHUNDERT ERFOLGEN.
ABWURF?
DIE ANTWORT AUF ALL UNSERE BEFÜRCHTUNGEN BEKOMMEN WIR IN DER NÄCHSTEN SEQUENZ GELIEFERT, NACHDEM WIR MIT EINER HALBEN TONNE WAFFEN, MUNITION UND EINER KLEINEN, LÄCHERLICHEN FOTOKAMERA AUSGESTATTET WORDEN SIND...
ICH FASSE ES NICHT! EIN SEGELFLIEGER! RAF, ICH HOFFE, DU BIST DIR IM KLAREN DARÜBER, WO DU UNS DA REINGERITTEN HAST!
DIESE MISSION HAB ICH GESTERN ABEND ANGETESTET. IST KEIN PROBLEM FÜR UNS... WÜRD ICH SAGEN.
AHA...?! IST JA INTERESSANT!
PUCHACZ

IN DER NÄCHSTEN SEQUENZ, DIREKT NACH DEM START...

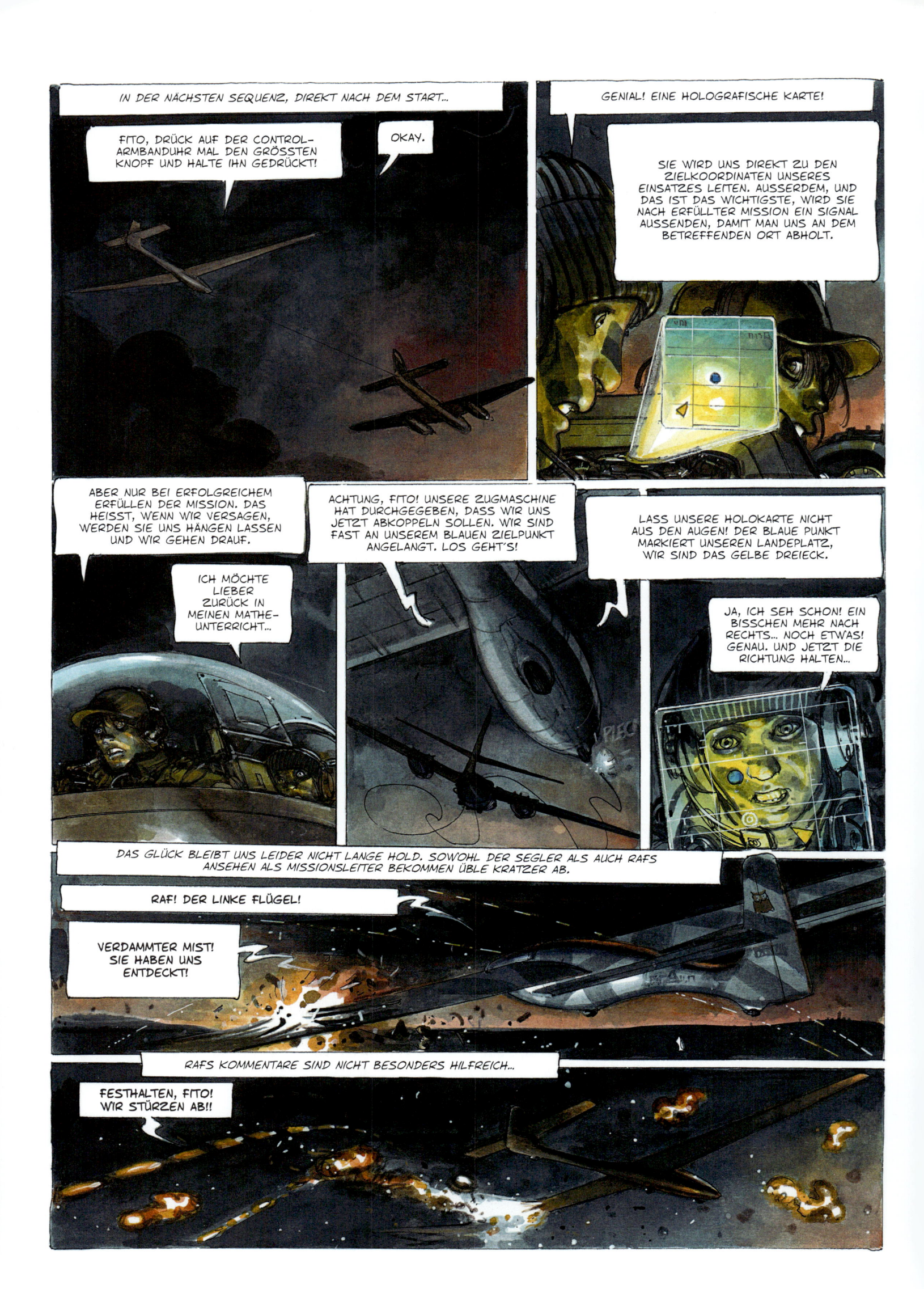

FITO, DRÜCK AUF DER CONTROL-ARMBANDUHR MAL DEN GRÖSSTEN KNOPF UND HALTE IHN GEDRÜCKT!

OKAY.

GENIAL! EINE HOLOGRAFISCHE KARTE!

SIE WIRD UNS DIREKT ZU DEN ZIELKOORDINATEN UNSERES EINSATZES LEITEN. AUSSERDEM, UND DAS IST DAS WICHTIGSTE, WIRD SIE NACH ERFÜLLTER MISSION EIN SIGNAL AUSSENDEN, DAMIT MAN UNS AN DEM BETREFFENDEN ORT ABHOLT.

ABER NUR BEI ERFOLGREICHEM ERFÜLLEN DER MISSION. DAS HEISST, WENN WIR VERSAGEN, WERDEN SIE UNS HÄNGEN LASSEN UND WIR GEHEN DRAUF.

ACHTUNG, FITO! UNSERE ZUGMASCHINE HAT DURCHGEGEBEN, DASS WIR UNS JETZT ABKOPPELN SOLLEN. WIR SIND FAST AN UNSEREM BLAUEN ZIELPUNKT ANGELANGT. LOS GEHT'S!

LASS UNSERE HOLOKARTE NICHT AUS DEN AUGEN! DER BLAUE PUNKT MARKIERT UNSEREN LANDEPLATZ, WIR SIND DAS GELBE DREIECK.

ICH MÖCHTE LIEBER ZURÜCK IN MEINEN MATHE-UNTERRICHT...

JA, ICH SEH SCHON! EIN BISSCHEN MEHR NACH RECHTS... NOCH ETWAS! GENAU. UND JETZT DIE RICHTUNG HALTEN...

DAS GLÜCK BLEIBT UNS LEIDER NICHT LANGE HOLD. SOWOHL DER SEGLER ALS AUCH RAFS ANSEHEN ALS MISSIONSLEITER BEKOMMEN ÜBLE KRATZER AB.

RAF! DER LINKE FLÜGEL!

VERDAMMTER MIST! SIE HABEN UNS ENTDECKT!

RAFS KOMMENTARE SIND NICHT BESONDERS HILFREICH...

FESTHALTEN, FITO! WIR STÜRZEN AB!!

DAS WAR'S DANN WOHL MIT UNSERER »MISSION ANSICHTSMATERIAL«...

NEEIIIIN!

ICH MUSS BEI DEN EINSTELLUNGEN DIE OPTION »AGGRESSIVITÄTSGRAD DES FEINDS« ÜBERSEHEN HABEN. SIE STEHT ANSCHEINEND STANDARDMÄSSIG AUF MAXIMUM!

UNSERE LANDUNG VERDIENT EINEN ORDEN.

DUNKLER RAUCH UMSCHLIESST UNS, ABER ICH BIN SOWEIT INTAKT. RAF DAGEGEN SCHEINT SICH ÜBER ETWAS ZU BEKLAGEN...

ICH KOMME AUF DIE GLORREICHE IDEE, MIR EINE INFRAROTSICHTBRILLE AUFZUSETZEN, DIE ICH AUF WUNDERSAME WEISE AUS MEINEM RUCKSACK FISCHE...

ICH SPÜRE MEINE BEINE NICHT MEHR. UND DU, FITO? GEHT'S DIR GUT?

ICH BIN OKAY.

RAF HAT UNTERDESSEN ALLE HÄNDE VOLL ZU TUN, UM SEINE BEINE WIEDER AUF VORDERMANN ZU BRINGEN...

EINE KURZE SALVE ERLEDIGT DAS PROBLEM FÜRS ERSTE. DIE SCHÜSSE SIND KAUM HÖRBAR AUFGRUND DES HOCHENTWICKELTEN SCHALLDÄMPFERS.

ENDLICH SIND RAFS BEINE WIEDER EINSATZBEREIT...

WIR SIND GANZ NAH AM ZIEL ABGESTÜRZT!

DIE SCHIESSEN AUF UNS!

JA! ICH KANN SIE SEHEN. ICH SUCHE NOCH NACH EINER GEEIGNETEN WAFFE!

YES!

AHH!

WIR KÖNNEN ES IMMER NOCH SCHAFFEN, RAF!

HIER ENTLANG. ABER VORSICHT! RECHTS VON UNS LIEGT EIN MINENFELD UND AUF DER LINKEN SEITE EIN BUNKER...
... DER ES AUF UNS ABGESEHEN HAT!!
SKEN SKEN
ZEIT, DIESES KLEINE SPIELZEUG HIER EINZUSETZEN.
ACHTUNG! BÖSE JUNGS VON RECHTS!
HALT SIE MIR VOM LEIB!
KEIN PROBLEM! DAS HATTE ICH VOR!
EIN BUNKER WENIGER!
ABER... WAS IST DENN DAS?!
SIEHT AUS WIE ALIEN-RIESEN-FRÖSCHE.
JA. FRÖSCHE, SCHON KLAR. ABER WAS SUCHEN DIE IN DIESEM SPIEL? SOLL ICH SIE UMNIETEN?
DU WEISST DOCH... ERST SCHIESSEN, DANN FRAGEN. DAS GIBT BESTIMMT ORDENTLICH PUNKTE FÜR UNSER KONTO.

WEG SIND SIE!
LASS SIE! WIR HABEN NICHT EWIG ZEIT! WEITER, HIER ENTLANG!
ICH HABE NOCH KEINE ZWEI SCHRITTE GETAN, DA HÖRE ICH EIN UNHEILVOLLES GERÄUSCH...
PASS AUF! EIN PANZER!
PAW!
SCHWUPPS, IST DAS NÄCHSTE LEBEN FUTSCH UND ICH REGNE STÜCKCHENWEISE AUF DAS SCHLAMMIGE FELD.
ICH FÜHLE NICHTS UND KANN MICH NICHT RÜHREN. ICH HÖRE NUR UND SEHE...
IST DAS EKLIG! MEIN KOPF LIEGT HIER, MEIN RUMPF DA HINTEN!
EIN ROSTIGER ALTER PANZER WENIGER!
KOMM SCHON, FITO... ZEIT FÜR DEINE REINKARNATION! WIR SIND HIER NOCH NICHT DURCH! DENK EINFACH AN DEIN NÄCHSTES LEBEN! WÜNSCH ES DIR HERBEI!!
SCHERZKEKS! RAT MAL, WAS ICH GRAD MACHE!
NACHDEM MICH EINE SPHÄRENSTIMME ÜBER MEINE NOCH VERBLEIBENDEN LEBEN AUFGEKLÄRT HAT, ERFOLGT MEINE WIEDERGEBURT. WÄHRENDDESSEN BEOBACHTE ICH ERSCHÜTTERT, WIE SICH MEIN ALTER KÖRPER AUFLÖST...
SO FERTIG HAB ICH MICH MEIN LEBTAG NOCH NICHT GESEHEN!
DAS IST AUCH BESSER SO! HÖR AUF, DICH SELBST ZU BEMITLEIDEN! WIR HABEN EINIGES AUFZUHOLEN!

DA LANG! DORT IST DIE STARTBAHN. FÜNF VOR ZWÖLF! DER PROTOTYP VERLÄSST GERADE DEN HANGAR!

UNSER EMPFANGSKOMITEE BESTEHT AUS EINER GANZEN BATTERIE VON MASCHINENPISTOLEN.

LOS! HIER LANG KOMMEN WIR AM SCHNELLSTEN ZUM KONTROLLTURM!

EINE HANDVOLL GRANATEN UND...

AUCH DIE STACHELDRAHTUMZÄUNUNG STELLT KEIN GRÖSSERES HINDERNIS DAR. EINE SPRENGLADUNG MACHT DEN WEG FREI...

JETZT SCHIESS DIESE DÄMLICHEN FOTOS, VERDAMMT NOCHMAL! DER PROTOTYP WIRD GERADE GESTARTET!

SCHON DABEI!

RAF FEUERT AUS ALLEN ROHREN, UM DIE FEINDE IN SCHACH ZU HALTEN. ICH GREIFE MIR DIE KAMERA UND KNIPSE, WAS DAS ZEUG HÄLT. DOCH...

... UM DIE MISSION ZU ERFÜLLEN, FEHLT NOCH ETWAS...

... NÄMLICH DASS RAF EIN MÄCHTIGES STINGERGESCHÜTZ AUS SEINEM RUCKSACK ZAUBERT, WÄHREND ICH IHM FEUERSCHUTZ GEBE...

ICH HAB NUR EINEN VERSUCH...

WAMP!

IM GLEICHEN AUGENBLICK FANGEN UNSERE UHREN UNVERMITTELT AN ZU PIEPEN.

MISSION ERFÜLLT!

DIESE HORNOCHSEN HIER SCHEINEN NIX MITZUKRIEGEN!

UNSER RETTUNGSHUBSCHRAUBER TUT SEINE PFLICHT UND TAUCHT PÜNKTLICH AUF.

WIR HABEN ES FAST GESCHAFFT, RAF!

HALT DIE KLAPPE UND BEEIL DICH!

DER REST IST REINE FORMALITÄT. EHRENMEDAILLE, 7.000 PUNKTE UND EINE BEFÖRDERUNG ZUM CAPTAIN. RAF BETÄTIGT DEN KNOPF AN SEINER UHR UND...

... SCHON SITZEN WIR WIEDER WOHLBEHALTEN IM KELLERGESCHOSS DES PARKHAUSES IN RAFS BÜRO...

KROAH!!

EINFACH UNGLAUBLICH, DAS GANZE...! ICH KANN ES IMMER NOCH NICHT FASSEN! UM EIN HAAR HÄTTEN WIR ES NICHT GESCHAFFT! ICH HABE EINS MEINER DREI LEBEN VERLOREN!

ABER WIR SIND IMMER NOCH AM LEBEN, HIER WIE DORT. DAS IST DIE HAUPTSACHE.

DAS STIMMT! DOCH VERGISS NICHT, DASS WIR SO SCHNELL WIE MÖGLICH HERAUSFINDEN MÜSSEN, WAS MIT CLARA PASSIERT IST. WIR BRAUCHEN EINE SPUR!

DA GEBE ICH DIR RECHT, WIR HABEN IMMER NOCH NICHTS KONKRETES IN DER HAND. ICH WÜRDE JA AUCH GERN SOFORT WEITERSPIELEN, ABER ICH BIN TOTAL ERLEDIGT!

FÜR HEUTE HABEN WIR GENUG GELEISTET. WENN DU EINVERSTANDEN BIST, MACHEN WIR MORGEN WEITER...

KROAH!!

PERFEKT!

KLAR, MACH DIR KEINEN KOPF.

ICH BIN EBENFALLS EXTREM MÜDE. ABER WEN WUNDERT'S. AM SELBEN TAG BIN ICH GESTORBEN, WIEDERAUFERSTANDEN, ZUM CAPTAIN BEFÖRDERT UND HOCH DEKORIERT WORDEN...

LEIDER TAPPE ICH NACH WIE VOR VOLLKOMMEN IM DUNKELN, WAS DAS GEHEIMNIS DIESES SUPERCOMPUTERSPIELS ANGEHT.

WENN ICH EHRLICH BIN, IST MIR DAS ALLES ZU HEFTIG, ZU NERVENAUFREIBEND, JA, GERADEZU GRAUENERREGEND, UND GLEICHZEITIG ZU FANTASTISCH, UM ES WIRKLICH VERDAUEN ZU KÖNNEN. DESHALB WIEDERHOLE ICH VOR DEM SCHLAFENGEHEN MEINE NOTIZEN AUS DEM CHEMIEUNTERRICHT, UM AUF ANDERE GEDANKEN ZU KOMMEN UND DAMIT ICH VIELLEICHT EIN FÜR ALLEMAL IN MEIN HIRN KRIEGE, WAS ZUR HÖLLE EIN **EPSOMIT** IST!

ENDE DES ERSTEN BUCHS